KB121257

로크미디어가
유혹하는
재미있는 세상

ROK
MEDIA
로크미디어

어게인 마이라이프

SEASON 2

어게인 마이 라이프 Season 2 18

2017년 5월 19일 초판 1쇄 인쇄
2017년 5월 24일 초판 1쇄 발행

지은이 이해날
발행인 이종주

기획 팀 이기헌 송윤성 왕소현
책임 편집 최전경

발행처 (주)로크미디어
출판등록 2003년 3월 24일
주소 서울시 마포구 성암로 330 DMC첨단산업센터 3층 314호
Tel (02)3273-5135 **Fax** (02)3273-5134
홈페이지 rokmedia.com **E-mail** rokmedia@empas.com

ⓒ 이해날, 2016

값 8,000원

ISBN 979-11-6048-813-5 (18권)
ISBN 979-11-255-8823-8 04810 (세트)

SEASON 2

어게인
마이 라이프
SEASON 2

이해날 장편소설

이해날 장편소설

ROK
MEDIA
로크미디어

CONTENTS

Chapter 1

　그날 밤, 희우는 집에서 소파에 앉아 있었다.

　텔레비전에서는 연일 천하 그룹 앞에서의 시위, 장일현의 도주, 천하민 대표의 의혹 등을 끊이지 않고 내보이고 있었다.

　게다가 물가의 상승과 가계경제의 어려움 등 세상이 어떻든 제 밥그릇에만 관심 있는 정치인들의 모습만 보였으니 세상은 혼란스러울 수밖에 없었다.

　텔레비전을 보고 있는 희우의 곁으로 아내가 과일이 담긴 접시를 들고 다가왔다.

　테이블에 접시를 놓은 후 희우의 옆에 앉은 아내가 포크로 과일 하나를 찍어 희우에게 건네며 물었다.

　"천하 그룹 임원들과 자혁이 오빠는 용준이 오빠 재판 결과 나오는 걸 기다리고 있지?"

희우가 가볍게 고개를 끄덕였다.

"응, 일단 결과 나와야지."

천하 그룹은 지금 김용준 회장의 구속으로 인해 회장 자리가 공석이다.

하지만 공석이라고 해서 당장 회장 자리를 다른 사람에게 넘길 수 없었다.

구속이라는 것이 죄를 확정 짓는 말은 아니기 때문이다.

지금 천하 그룹 임원들과 김자혁 대표는 재판 후 형이 확정될 때까지 기다리는 수밖에 없었다.

희우가 과일을 입에 넣으며 슬쩍 아내를 바라봤다.

아내는 물끄러미 텔레비전을 보고 있다.

아무렇지 않은 척하지만 표정에 담긴 수심까지 어쩔 수는 없었다.

하지만 형제간에 일어날 싸움에 끼고 싶은 마음도 전혀 없어 보였다.

희우가 물끄러미 보고 있자 아내가 과일을 입에 넣다가 눈을 깜빡이며 고개를 돌렸다.

그리고 희우와 눈을 마주치며 물었다.

"왜 그렇게 봐?"

"아니, 그냥."

아내가 살짝 웃으며 희우의 손에 있는 포크를 자신의 손에 쥐었다.

그리고 다시 접시에 담긴 과일을 찍어 희우의 입에 넣으며 말했다.

"난 여보가 나를 왜 그렇게 보고 있는지 알아. 계속 말했지만 난 절대 안 해."

희우가 어색하게 웃었다.

뭐라고 말하고 싶었지만 입에 큼직한 과일이 물려 있어서 말하기가 어려웠다.

아내는 이걸 노리고 희우의 입에 과일을 집어넣었나 보다.

아내가 계속 말했다.

"난 지금 우리 집에 신경 쓰는 것만으로도 힘들어. 이유식은 어떻게 만들어야 할지, 울면 어디가 불편한지, 늦게 퇴근하는 남편이 밥은 먹었는지, 이런 것에 신경 쓰는 것도 힘든데 그룹 일을 내가 어떻게 보겠어?"

"……."

"난 지금이 행복해. 이대로 있고 싶어. 그리고 자꾸 나보고 회사에 들어가라고 하는데, 여보는 계속 정치인 하고 싶어?"

과일을 다 먹은 희우가 고개를 저었다.

"아니."

단호한 대답이 희우의 입에서 나왔다.

아내가 고개를 끄덕인다.

"거봐, 싫지? 그런데 자기는 하기 싫은 거 안 한다고 하면

서 나한테는 시키려고 그래? 옛말에 자기가 싫은 건 남에게
도 시키지 말라고 했어."

"나 지금은 싫어도 정치인 하고 있는데?"

"앞으로도 할 거야?"

희우는 이번에도 단호하게 고개를 저었다.

"아니."

"나도 시키지 마."

그때 희우의 핸드폰이 울렸다.

발신 번호는 조진석이었다.

희우는 미간을 찌푸린 채 가만히 핸드폰을 바라보다가 통
화 버튼을 눌렀다.

"김희우입니다."

잠시 후, 희우는 집에서 멀지 않은 일식집에 앉아 있었다.

희우의 앞에는 조진석이 보였다.

조진석이 희우를 보며 낮게 한숨을 내쉬었다. 그리고 말했다.

"여기까지 찾아왔지만 사실 지금도 이 말을 해야 하는지
말아야 하는지 고민입니다."

희우는 물끄러미 조진석을 바라봤다.

어떤 말을 하려고 이렇게 뜸을 들이고 있는지 알 수 없었다.

조진석은 술이 담긴 잔을 들어 입에 댔다.

그리고 빈 잔을 테이블에 내려 두며 결심했는지 입을 열었다.

"천호령 회장님이 김희우 의원을 정리하라는 지시를 내리셨습니다."

"……!"

미간을 찌푸리고 있는 희우를 보며 조진석은 가지고 온 가방에서 사진 몇 장과 서류를 꺼내 테이블에 놓았다.

희우가 제왕 호텔에 들어가고 있는 사진.

구속된 천하 그룹 김용준 회장과 희우가 함께 있는 모습의 사진.

그리고 천하 그룹을 향해 시위하는 시위대의 청원서였다.

희우가 가만히 사진을 바라보며 말했다.

"제가 천하 그룹을 욕심내서 시위대를 돈으로 산 후 김용준 회장을 끌어내렸고 요즘 한창 시끄러운 천하민, 장일현과도 연관이 있다는 건가요?"

조진석이 고개를 끄덕이며 말했다.

"회장님께선 말씀하셨습니다. 요즘 나라에서 일어나는 모든 시끄러운 일의 뒤에는 김희우 의원이 있다는 것으로 만들라고 하셨습니다."

"……."

"국민의 마음에 김희우라는 국회의원에 대한 분노를 그려 넣는 작업입니다. 김희우 의원님께 죄가 있든 없든 국민은 등을 돌릴 겁니다."

"……."

"사실이 아니라는 것은 알고 있습니다. 김희우 의원님이 이런 짓을 하실 분은 아니죠. 하지만 천호령 회장님께 사실은 중요하지 않습니다. 루머로 나타난 결과가 천호령 회장님께는 사실이니까요."

어떤 방법을 쓰든 희우를 상대로 마녀사냥을 감행하겠다는 말이었다.

그리고 그게 거짓이더라도 성공을 위해서는 상관하지 않겠다는 뜻이다.

희우의 입에 엷은 미소가 그려졌다.

"조진석 실장님이 아니었다면 천호령 회장님이 만든 함정에 고스란히 빠질 수밖에 없었겠군요."

조진석은 물끄러미 미소 짓고 있는 희우를 바라봤다.

지금 상황에서 웃고 있는 게 의아한 모양이었다.

가만히 보고 있던 조진석이 물었다.

"빠져나올 수 있겠습니까?"

"네."

희우의 간단하고 빠른 대답에 조진석의 눈에 호기심이 떠올랐다.

그가 다시 물었다.

"빠져나올 수 있다고요?"

어게인
마이라이프
SEASON2

"네, 방금 말했듯이 조진석 실장님이 말해 주지 않았다면 천호령 회장의 생각에 당하고 말았을 겁니다. 이런 계획까지 하고 있을 줄은 몰랐으니까요. 하지만 어떻게 합니까? 내가 알아 버렸는데요."

희우가 슬쩍 웃으며 술잔을 들었다.

조진석은 멍하니 앉아 있었다.

알고 있다고 해도 빠져나오기 힘든 함정이다.

그런데 어떻게 이리 자신하고 있는지 알 수 없었다.

희우가 테이블 위에 빈 술잔을 내려 뒀다. 그리고 조진석과 눈을 마주치며 물었다.

"이걸 알려 주시는 이유가 뭐죠? 천호령 회장님이 시킨 일 같지는 않은데요."

조진석이 자신의 빈 잔에 술을 채우며 답했다.

"글쎄요. 아버지에 대한 빚 청산이라고 하죠."

"……."

희우는 가만히 조진석을 바라봤다.

조진석의 눈에선 씁쓸함이 스쳐 지나갔다.

희우는 슬쩍 미소 지으며 고개를 끄덕였다.

"감사합니다."

조진석은 희우의 인사에 가볍게 눈으로 화답하며 잔을 들어 입에 댔다.

독한 술이 조진석의 목을 타고 흘러 넘어갔다.

그가 희우에게 천호령 회장의 정보를 알려 주는 이유는 희우가 아버지 부고를 알려 줬기 때문만은 아니다.

천호령 회장의 둘째 아들 천유성 대표가 그 이유 중 하나였다.

천유성 대표가 조진석을 대하는 태도는 안하무인이었다.

그 태도가 아무렇지도 않다면 거짓말이다.

기분이 나빴고 자존심이 상했다.

하지만 기분이 나쁘다고 꿈틀거릴 수는 없다.

자존심이 밥을 먹여 주지는 않는다.

천호령 회장이 세상을 떠나면 그 뒤를 천유성 대표가 이어받을 가능성이 상당히 컸다.

천하민 대표가 무너지고 있으니 그 가능성은 더욱 커지고 있었다.

조진석은 그런 천유성 대표에게 충성을 보여야 했다.

그래야 천호령 회장의 사후에도 자리를 보장받을 수 있기 때문이다.

희우와 헤어진 후, 조진석은 천유성 대표를 만나기 위해 이동했다.

차량의 뒷자리에 앉아 창밖을 바라보는 조진석의 눈빛엔

쓸쓸함만이 담겨 있었다.

그리고 잠시 후, 제왕 백화점 대표이사실.

조진석은 천유성 대표와 마주 앉았다.

천유성 대표가 말했다.

"늦은 시간에 무슨 일입니까? 내가 퇴근이라도 했으면 어긋날 뻔했습니다."

"죄송합니다. 급한 일이라 미리 연락드리지 못했습니다."

"뭐, 괜찮습니다. 그래요, 무슨 일이죠?"

천유성 대표의 정겨운 목소리가 흘렀다. 하지만 천유성 대표는 목소리와 달리 차가운 뱀눈으로 조진석을 훑어봤다.

믿지 못하기 때문이다.

그 눈길은 조진석도 느꼈다.

하지만 그는 모른 척 말했다.

"천호령 회장님께서 김희우를 처리하라는 지시를 내렸습니다."

지금까지 미지근하게 반응하던 천유성 대표의 뱀눈이 번쩍거렸다. 잔혹함마저 흘러나오는 것 같았다.

"지금 그게 무슨 말이죠?"

"지금 천하 그룹, 제왕 화학 사태를 모두 김희우에게 뒤집어씌우실 계획입니다. 아무래도 김희우가 그동안 청렴한 정치인으로 이미지를 만들어 왔으니 돈에 관련된 흠집을 내주는 게 가장 제격이라고 생각하신 모양입니다."

천유성 대표가 고개를 끄덕였다. 그의 입꼬리가 말려 올라가고 있었다.

"그렇겠죠. 김희우 같은 놈은 그쪽으로 약점이 있었네요. 몰랐어요."

희우는 조태섭이 떠난 후 자산의 상당수를 처분했다.

그 후 단 한 번도 사치스러운 생활을 하지 않았다.

지금도 낡은 중고차를 타고 다녔고, 고급 옷가지나 시계는 소유하고 있지 않았다.

그의 아내도 마찬가지였다.

천하 그룹의 여식으로 태어났음에도 불구하고 일반 서민들과 똑같이 행동하고 세상을 즐긴다.

희우는 시민들에게 공감을 살 수 있는 모습을 보여 줬다.

그게 그의 강점이었다.

하지만 그게 희우의 약점이기도 했다.

그런 이미지가 생겼으니 흠집을 내는 것도 어렵지 않았다.

한쪽에서 희우를 바라보는 눈빛엔 '저놈이라고 깨끗할 것 같아? 그런 척하는 거지?'라는 생각이 강하게 담겨 있었으니까.

살짝 흠집을 낸다면 그런 의혹이 봇물처럼 쏟아져 나올 게 분명했다.

천유성 대표의 뱀눈이 조진석을 향했다.

"일단 아버지에게 하나 배웠네요. 그건 그렇고……."

천유성 대표의 뱀눈이 조진석을 싸늘하게 훑었다. 그리고 조심스레 입을 열었다.

"아버지의 명을 그대로 따를 필요는 없지 않나요? 제왕 화학이 문제가 생겨야 천하민이가 위태로워지는데, 괜히 김희우가 천하민의 죄까지 뒤집어쓰면 후계 구도가 원점으로 돌아갈 수도 있어요."

"……."

천유성 대표가 조심스럽게 말을 꺼낸 것은 지금 자신이 한 말이 천호령 회장에게 들어갈까 겁나기 때문이다.

그는 아직 조진석을 믿지 못하고 있었다.

조진석이 고개를 끄덕였다.

"하지만 회장님의 지시라 언론사와 입은 맞춰야 합니다."

천유성 대표의 눈동자에 불편한 심기가 가득해졌다.

천하민과 또다시 같은 라인에 서서 경쟁해야 할지도 모른다는 것이 못마땅했기 때문이다.

조진석이 천유성 대표의 표정을 살피며 말했다.

"방금 김희우에게 천호령 회장님의 계획을 전달하고 왔습니다."

천유성 대표의 표정이 살아났다.

"뭐라고 합니까?"

"미리 알게 된 덕분에 잘 피해 갈 수 있을 거라고 말했습니다."

천유성 대표가 크게 웃기 시작했다.

무엇이 기쁜지 한참을 웃는다.

그리고 자리에서 일어나 조진석의 옆으로 다가갔다.

천유성 대표가 조진석의 어깨를 툭툭 내려치며 말했다.

"잘했어요. 아주 잘했어. 앞으로도 이런 식으로 하면 됩니다. 이게 조진석 실장이 해야 할 일이에요."

천유성 대표가 하는 말은 조진석의 귓속으로 들어오며 다르게 해석되었다.

조진석은 천유성 대표의 말이 '개처럼 따르세요. 개처럼 짖으세요. 주인을 바꾼 개는 더 열심히 배를 까야 인정받는 법입니다.'라는 뜻으로 들리고 있었다.

조진석의 입에 무거운 한숨이 내쉬어졌다.

자존심이 없다면 그게 이상한 일이었다.

하지만 조진석은 꽉 쥐고 있던 주먹에서 힘을 풀었다. 그리고 대답했다.

"네, 알겠습니다."

다음 날.

희우는 장일현이 숨어 있는 곳으로 찾아갔다.

어제 조진석에게 천호령 회장이 자신을 노리고 있다는 말을 들었기 때문이다.

함정에 걸리지 않기 위해선 조금이라도 빨리 해결해야 했다.

희우가 집으로 들어가 거실을 둘러봤다.

장일현은 여느 때와 똑같이 구석에 팔을 베고 누워 있었다.

그가 하는 일은 그렇게 누워 스마트폰이나 태블릿 PC로 기사를 확인하는 거다.

희우가 들어왔지만 고개만 살짝 돌려 얼굴을 확인한 후 계속 핸드폰에 시선을 집중하고 있었다.

그런 그의 옆으로 다가가며 희우가 말했다.

"첩보를 통해 들은 이야기가 있습니다."

본척만척하고 누워 있던 장일현이 그 말에 고개를 들었다.

"첩보? 무슨 첩보?"

희우는 장일현의 앞에 섰다. 그리고 말했다.

"천호령 회장이 움직일 것 같습니다."

장일현의 미간이 찌푸려졌다.

뒤에 무슨 이야기가 나올지는 모르지만 천호령 회장이 움직인다는 것 자체가 장일현에게는 위기였기 때문이다.

희우가 말을 이었다.

"지금 기사나 인터넷 여론을 보시면 알겠지만 세상은 천하민 대표에게 모두 손가락질을 하고 있습니다."

누워 있던 장일현이 자세를 고쳐 앉으며 인상을 찌푸렸다. 그리고 머리를 쥐어뜯으며 말했다.

"그래, 그래서 나도 조금만 더 기다리면 뜸이 다 들겠구나 생각하고 있었어. 천하민 그놈이 구석에 몰려서 지푸라기 잡는 심정으로 내 손을 잡을 줄 알았는데, 천호령 회장이 움직인다고?"

"네, 천호령 회장의 눈에 우리가 할 계획이 빤히 보였나 봅니다. 장일현 선배가 천하민 대표와 거래하기 전에 게임을 종료시킬 것 같습니다."

"……!"

희우가 계속 말했다.

"천하 그룹 사건까지도 장일현 선배에게 엮는다고 했습니다."

장일현의 눈이 찌푸려졌다.

"그게 무슨 말이야? 천하 그룹을 왜 나랑 엮어?"

희우가 한숨을 내쉰 후 계속 말했다.

"왜 엮는진 저도 모르겠습니다. 제가 알고 있는 천호령 회장님이 만든 시나리오에는 모든 시끄러운 일의 뒤에 장일현 선배가 있다는 겁니다."

장일현이 고개를 저었다.

"그런 말을 누가 믿는다고?"

"사람들은 지금 천하민 대표를 중심으로 일어나는 말도 안되는 의혹도 믿고 있어요. 그런데 천호령 회장이 장일현 선배를 주인공으로 만들 시나리오를 안 믿을 수 있을까요? 더 치밀할 텐데요?"

"……!"

"백 가지 루머 중에 단 한 가지만 진실이어도 사람들은 루

머를 믿습니다."

장일현의 입에서 무거운 한숨이 흘렀다.

"도대체 뭘 노리는 거지?"

"재물이죠."

"……."

"제왕 그룹을 조용히 하기 위한 제물. 그게 장일현 선배입
니다."

장일현이 입을 꽉 깨물었다.

불안함을 대변하는지 그의 눈동자는 좌우로 흔들리고 있
었다. 그리고 잠시 후, 흔들리던 그의 눈동자가 멎었다.

장일현은 깊은 한숨을 내쉰 후 희우에게 시선을 향했다.

"내가 지금 천하민에게 전화해서 거래하자고 하는 건 웃긴
일이겠지?"

"네, 들어주지 않을 겁니다."

장일현의 입에서 다시 깊은 한숨이 흘러나왔다.

"그럼 내가 어떻게 해야지?"

지금 장일현이 기댈 수 있는 유일한 사람은 희우였다.

이곳에 숨어 지내는 그가 할 수 있는 것은 아무것도 없었다.

장일현의 간절한 눈빛을 보던 희우가 말했다.

"기자회견 어떠세요?"

"기자회견?"

희우가 고개를 끄덕였다.

"기자회견을 한 후 이민수 검사에게 체포당하는 그림이 괜찮을 것 같네요."

장일현이 고개를 저었다.

"지금 무슨 말을 하는 거지?"

"무슨 수를 써서라도 장일현 선배가 만든 테이블에 천하민을 앉히는 것이 우선이라고 생각됩니다."

"……."

"테이블에 앉으면 거래를 할 수 있습니다. 하지만 앉지 않으면 베팅조차 할 수 없죠. 강하게 마음먹으세요."

장일현은 답답한지 머리를 북북 긁었다.

"어떻게 해야 할까?"

"기자회견을 할 때, 천하민과의 관계가 애매한 것처럼 발표하세요."

"애매하게?"

"그런 그림 알고 있나요? 어떤 사람의 눈엔 천사가, 어떤 사람의 눈에는 악마가 보이는 그림요. 같은 그림이지만 보는 사람에 따라 다른 거죠. 이번 기자회견도 그렇게 하는 겁니다. 듣는 사람에 따라 아무 일도 없는 것처럼, 또는 엄청난 공범인 것처럼 들리게 하는 겁니다."

장일현은 잠시 생각하는 듯 눈을 찌푸렸다. 그리고 희우를 보며 물었다.

"애매하게 발표하면 사람들은 여러 가지로 해석할 거다,

그리고 한쪽에선 의혹을 파고들 거다 이건가?"

"네, 의혹이 커지면 커질수록 천하민은 테이블에 앉을 겁니다. 그리고 장일현 선배의 협상 카드도 많아질 겁니다."

애매한 기자회견의 장점으로 천하민과의 협상이 잘되면 아무 일도 없는 것처럼 말할 수 있다. 반대로 협상이 잘 안 되면 엄청난 공범인 것처럼 꾸밀 수도 있다.

장일현의 입가에 짙은 미소가 걸렸다.

"괜찮네. 천하민과 협상이 잘 안 되었을 경우 물귀신처럼 잡아끌고 갈 기회도 생기겠네?"

희우가 고개를 끄덕였다.

"네, 여러 방법을 사용할 수 있습니다."

"좋아, 좋아."

장일현은 뭔가를 생각하는 건지 주먹을 폈다 접었다 하기를 반복했다. 그러더니 턱을 쓸어 만지기 시작했다.

희우는 그런 장일현을 가만히 바라봤다.

장일현이 기자회견으로 천하민과의 연관성을 세상에 폭로한다면, 천호령 회장의 계획은 시작도 못 하고 좌초된다.

희우에게 덮어씌우려던 제왕 화학의 의혹이 장일현의 기자회견으로 모두 해소되기 때문이다.

그렇게 생각하고 있을 때, 장일현의 눈빛이 힐끔 희우를 향했다. 그리고 그의 입꼬리가 비열하게 말려 올라갔다.

장일현이 말했다.

"싫어."

"……!"

"내가 왜 네 말을 따라야 하지?"

희우의 눈동자가 떨려 왔다.

"서, 선배……."

장일현이 웃기 시작했다. 그 웃음은 더욱 커지더니 급기야 그는 배를 잡고 웃었다.

"크크크큭, 선배는 무슨. 네가 언제 나를 선배로 보기는 했냐? 헛소리하지 마. 나를 감옥에 집어넣었던 게 너야. 그리고 이번 일에서 나를 망친 것도 너야. 너만 가만히 있었으면 난 떵떵거리면서 잘 살 수 있었을 거야."

장일현은 웃음을 참으며 벽을 잡고 자리에서 일어섰다.

그리고 일어서서 희우와 눈을 마주쳤다.

싸늘한 감정이 장일현의 눈동자를 통해 희우에게 전해져 왔다.

그의 눈을 바라보던 희우가 고개를 저었다.

"지금 상당히 잘못 생각하고 계신 것 같아요. 망친 게 저라뇨. 제왕 화학에서 뒷돈을 챙기기 위해 비리를 저지른 건 선배잖아요. 제 탓이 아닙니다."

"비리? 장부 말하는 거야, 아니면 비자금을 말하는 거야? 그걸 내가 혼자 먹으려고 했겠어? 알잖아? 그거 뒤에 다 천하민이 지 해 먹으려고 나를 시킨 거야. 아, 물론 나도 좀 먹었고. 큭큭큭."

"……."

"그런데 난 너는 못 믿어도 천하민은 믿어. 천하민은 내가 목줄을 쥐고 있잖아. 네 말대로 내가 모든 걸 폭로하면 천하민은 조사를 받고 구속을 당하고 실형을 살 거야. 그게 싫어 서라도 천하민은 나를 살려 주겠지. 그런데 넌? 네가 나를 왜 살려 줘? 이유가 없잖아?"

장일현의 목소리가 커질수록 희우의 입에서 한숨이 흘렀다.

장일현은 입가에 비열한 미소를 담은 채 계속 말했다.

"자, 이유가 있으면 말해 봐."

"……."

"없지? 이곳에 가뒀다가 때가 되면 검찰에 넘길 거지?"

희우가 머리를 쓸어 넘기며 고개를 끄덕였다.

"죄를 지었으면 벌을 받는 게 맞잖아요. 하지만 감형받을 수 있어요. 지금이라도……."

장일현의 눈동자에 핏발이 섰다.

"내가 무슨 잘못을 했다고! 난 아무 짓도 안 했어! 돈을 원 하는 게 잘못된 건 아니잖아? 나라가 나한테 뭘 해 줬다고 세금을 내고 앉아 있어야 해? 미쳤어?"

희우가 말했다.

"선배, 그래도 법의 심판은 받아야 한다고 생각해요. 자수 하고, 인터뷰를 통해 천하민의 죄를 폭로하면 조금은 감형될 겁니다."

장일현이 피식 웃으며 고개를 저었다.

"희우야, 세상은 교과서가 아냐. 계속 그런 말을 할수록 내 눈엔 네가 미친 것처럼 보여. 천하민의 손을 잡으면 혐의 없음으로 풀려날 가능성이 높은데, 내가 왜 굳이 형을 살기 위해 네 말을 따라야 하냐? 미쳤어? 형은 줄일 수 있으면 줄여야 한다는 거 몰라?"

희우가 아무 말도 못 하고 있자 장일현이 교활하게 웃으며 말했다.

"희우야, 미안하다."

"……."

"네가 나를 기자회견 시키고 뭘 얻으려는지는 모르겠지만, 정말 미안하다. 내가 잘 알고 있는 게 뭔지 알아? 네 말을 그대로 믿고 따랐다가는 낭패를 본다는 거야. 내가 한 번 속지, 두 번 속냐?"

희우의 입에서 깊은 한숨이 흘렀다.

희우의 한숨이 깊어질수록 장일현은 의기양양해졌다.

장일현이 방바닥에 놓인 핸드폰을 들어 올렸다. 그리고 말했다.

"원래 내 계획은 다음 주쯤에 천하민과 거래하는 것이었는데, 안 되겠다. 지금 당장 해야겠다. 네가 숨기고 있는 게 드러나기 전에 빨리 일을 처리하는 게 맞는 거지?"

희우가 떨리는 목소리로 손을 저었다.

"선배, 조금만 더 생각해 보세요. 천하민이 선배 편을 들어 줄 리가 없어요."

장일현의 입가에 미소는 더욱 짙어지고 있었다. 그는 희우를 비웃고 있었다.

"네가 그렇게 애원할수록 난 왜 더 확신이 생길까? 지금이 딱 전화할 타이밍인가 보네. 고맙다, 희우야."

장일현이 핸드폰에서 천하민 대표의 번호를 찾았다.

장일현이 시선을 핸드폰에서 떼고 희우를 한번 바라봤다. 그리고 재수 없는 표정으로 웃었다.

희우가 말했다.

"선배, 한 번만 더 생각해 보세요."

장일현은 희우의 애원을 뒤로하며 통화 버튼을 꾹 눌렀다.

"네 표정을 보니 몇 년간 묵혀 왔던 답답함이 풀리는 것 같네."

천하민에게 향하는 통화 연결음이 울렸다.

희우는 고개를 숙였다.

그 바람에 장일현은 희우의 표정을 보지 못했다.

희우의 입가엔 미소가 걸려 있었다.

장일현과 희우가 있는 집.

그곳의 콘센트를 뜯어 안을 들여다보면 상만이 흥신소를 이용해 설치해 둔 도청기가 있었다.

그리고 건너편에 있는 한 집에서는 검찰 수사관들이 도청기를 통해 집에서 나오는 목소리를 모두 녹음하고 있었다.

그곳에 박유빈 기자도 그리고 민수도 자리했다.

모두가 숨죽이고 있을 때, 도청기를 통해 장일현의 목소리가 흘러나왔다.

-네, 장일현입니다. 다른 말 길게 하지 말고, 나를 빼 줄 수 있습니까? 당장 빼 달라는 게 아닙니다. 세상이 조용해지면 그때 빼 주세요.

박유빈 기자가 눈을 깜빡이며 앞에 앉아 있는 민수에게 시선을 향했다. 그리고 떨리는 목소리로 말했다.

"이걸 정말 제가 폭로해도 되나요?"

민수가 고개를 끄덕였다.

"도청은 불법이니까 해명은 알아서 하세요. 흘흘흘."

그날 밤.

쌀쌀한 바람이 불어오고 있었다.

장일현은 두꺼운 점퍼를 걸치고 문밖으로 나왔다.

그가 밖으로 나온 것은 이곳으로 숨어들고 처음이었다.

고개를 들어 하늘을 보던 장일현은 잠시 불어오는 바깥바람에 시원함을 느꼈다.

그는 지금 천하민 대표를 만나기로 약속되어 있었다.

천하민 대표와 거래만 잘된다면 지긋지긋한 도주 생활도 끝이다.

슬쩍 미소를 지은 그는 천천히 걷기 시작했다.

그리고 장일현이 이동함에 따라 각 건물에 몸을 숨기고 그를 관찰하던 수사관들의 눈의 움직임이 빨라졌다.

한쪽 구석에 앉아 있던 민수가 자리에서 일어서며 말했다.

"아직 체포하지 않습니다. 조금 더 지켜봅시다. 계속 쫓으세요."

～～～

장일현이 숨어 있는 숙소에서 조금은 떨어진 고깃집.

큰 건물의 앞으로 고깃집의 정원과 주차장이 넓게 펼쳐져 있었다.

상견례도 많이 하는 곳으로, 식사 자리마다 칸칸이 독립된 공간을 보장받는 곳이기도 했다.

모자를 눌러쓴 장일현이 안으로 들어갔다.

예약되어 있어서 그런지 어렵지 않게 그는 안으로 향했다.

그리고 장일현이 안으로 들어가고 잠시 후, 고깃집의 주차장으로 검은색 고급 차량이 미끄러지듯 들어왔다.

차를 운전하고 있는 사람은 천하민 대표였다. 그는 평소와 달리 기사도 대동하지 않고 혼자 이곳에 나타났다.

장일현에 관한 것은 기사에게도 보이고 싶지 않은 모양이었다.

차에서 내린 천하민 대표가 짧게 한숨을 내쉬더니 뒤도 돌아보지 않고 저벅저벅 고깃집 안으로 들어갔다.

그리고 주차장 구석에 세워진 차량.

그곳엔 민수와 수사관들 그리고 박유빈 기자가 타고 있었다.

박유빈 기자는 카메라의 화면을 보며 잘 찍혔는지 확인하는 중이었다.

민수가 물었다.

"플래시 안 터졌는데, 잘 찍혔나요?"

박유빈 기자가 고개를 끄덕였다.

"노이즈가 있기는 하지만 얼굴은 알아보겠네요."

민수의 입가에 묘한 미소가 걸렸다.

"천하민이든 장일현이든 더 무리수를 둘 수 있게 기사 제목을 자극적으로 뽑아서 써 주십시오."

박유빈 기자가 장난스럽게 고개를 저었다.

"저는 사실만 적는 기자예요."

민수가 배를 잡고 웃었다.

"세상에, 사실만 적는 기자님을 만나 뵙다니 영광입니다. 흘흘흘."

어게인
마이라이프
SEASON2

다들 그렇게 웃고 있었지만 고깃집에서 나오는 기름진 냄새에 배 속은 꼬르륵거렸다.

⚬~

장일현과 천하민 대표가 마주 앉았다.

불판 위에서 고기는 익어 가지만 두 사람 다 먹을 생각이 없었다.

지금 중요한 것은 뭔가를 먹는 게 아니다.

그들에게는 협상이 중요했다.

먼저 입을 연 것은 천하민 대표였다.

"요구하고 싶은 게 뭐지요? 나를 만나자고 한 이유를 들어 보고 싶네요."

장일현이 살짝 미소 지었다.

"아시지 않습니까? 제가 요구하고 싶은 것은 재판 결과입니다."

"......!"

천하민 대표의 미간이 찌푸려졌다.

장일현이 계속 말했다.

"제가 다 가지고 가겠습니다. 1심에서 3년을 받든 5년을 받든 상관없습니다. 제가 세상에 나온 모든 죄를 다 가지고 가지요."

여론이 몰려 있는 상황이기 때문에 1심은 중요하지 않았다.

어차피 패할 거라고 생각했다.

천하민 대표가 입을 열었다.

"좋습니다. 그렇게 했다고 칩시다. 2심에선 뭘 해야 하는 거죠?"

"2심은 최대한 끌 겁니다. 사람들의 기억 속에서 잊힐 때까지요. 그때 도와주십시오."

"요구 조건은 그게 끝입니까?"

장일현이 고개를 저었다.

"하나 더 있습니다. 서울에 빌딩 하나만 제 소유로 넘겨주십시오."

"빌딩요?"

천하민 대표의 눈이 찌푸려졌다.

이번 일을 어떻게 덮어야 하는 자리에서 빌딩을 이야기하고 있으니 뜬금없다고 느껴졌다.

장일현이 슬쩍 미소를 지으며 말했다.

"2심에서 재판을 이기고 밖으로 나올 수 있다고 확신할 수는 없습니다. 그럼 저도 보험 하나는 가지고 있어야 하지 않겠습니까?"

"보험이 빌딩이라는 건가요?"

"요즘 숨어 지내면서 이런저런 우스갯소리를 찾아보고 있는데, 돈을 받으면 감옥에서 지내겠다는 사람이 꽤 되더군요. 그래서 저도 이왕 들어가게 될 것, 돈이라도 받고 가자는 생각이 들었습니다."

장일현은 그렇게 말한 후 핸드폰 화면에 한 지역의 빌딩 사진을 띄워 천하민 대표에게 건넸다.

사진을 바라보는 천하민 대표는 가만히 생각에 빠졌다.

장일현이 내건 빌딩의 금액은 한두 푼이 아니었다.

어쩌면 100억을 넘어서는 돈이 들어가야 할지도 몰랐다.

아무리 천하민 대표라 할지라도 쉽게 결정할 수 있는 선택은 아니었다.

하지만 결정 못 할 것도 아니었다.

그는 재벌이다.

천하민 대표가 가볍게 고개를 끄덕였다.

"좋습니다."

100억이 넘어가는 돈이 한순간에 결정되었다.

장일현이 슬쩍 미소 지었다.

"감사합니다."

천하민 대표는 말없이 고개를 끄덕였다.

지금은 천하민 대표에게 위기 상황이었다.

위기의 순간에서 다른 생각을 하는 것은 패배의 지름길이다.

지금은 생존만을 생각해야 했다.

후계 구도에서 다시 천유성 대표와 동일 선상에 서야 한다. 그래서 빠른 결정을 내렸을 뿐이다.

천하민 대표의 대답에 장일현은 빙긋이 미소 지었다.

'너도 참 멍청하구나.'

장일현은 지금 하는 모든 대화를 녹음하고 있었다.

장일현에겐 빌딩이 아니라 녹음이 보험이었다.

감옥에 대신 들어가 주는 대가로 빌딩을 주겠다는 말을 했으니 천하민 대표는 이제 장일현을 버릴 수 없었다.

다음 날.

장일현이 몸을 숨기고 있는 집.

장일현은 아직 그 집에 숨어 있었다.

어젯밤 천하민 대표와 이야기를 잘 끝냈지만 아직 남아 있는 문제가 있었다.

어제 말했던 빌딩을 장일현의 소유로 이전해 둔 후에 검찰에 자수하기로 했다.

물론 소유권은 차명으로 이전해 둘 테니 문제가 없었다.

천하민 대표가 어련히 빠른 시간에 해결해 보겠지만 그때까지 장일현이 할 일은 이곳에서 뒹굴거리며 시간을 보내는 것이었다.

핸드폰을 만지작거리던 장일현이 피식 웃었다.

어제 자신을 말리던 희우가 떠올랐기 때문이다.

"미친놈."

천하민 대표와의 일이 수월히 끝났으니 그 말을 듣지 않기를 잘했다고 생각했다.

그리고 그는 다시 핸드폰을 보기 시작했다.

잠시 후, 장일현의 눈동자가 한 기사에서 멈췄다.

그의 미간이 일그러졌다.

"이게 뭐야?"

장일현은 잘못 봤나 싶었다.

하지만 몇 번을 다시 봐도 잘못 본 게 아니었다.

인터넷에 올라간 신문 기사

단독, 제왕 호텔 천하민 대표의 불편한 거래

어제 낮, 제왕 화학 전 대표인 장일현이 제왕 호텔 천하민 대표와 통화하던 음성이 익명의 제보자를 통해 입수되었습니다. (중략) 이번 사태에 장일현과 천하민 대표가 공범이었다는 사실이 드러나고 있습니다. (중략) 저희도 익명으로 받은 음성 파일이기에 이 파일의 출처와 장일현이 현재 숨어 있는 소재지는 알 수 없습니다. 하지만 조만간 장일현이 모습을 드러낼 것으로 예상됩니다.

장일현의 시선이 기사 상단으로 향했다.

플레이 버튼을 누르면 장일현의 목소리를 들을 수 있다고 적혀 있었다.

장일현은 플레이 버튼을 눌렀다.

확인할 필요가 있었다.

그리고 그 확인은 사실로 드러났다.

핸드폰에서 장일현의 음성이 흘러나왔다.

-네, 장일현입니다. 다른 말 길게 하지 말고, 나를 **빼** 줄 수 있습니까? 당장 빼 달라는 게 아닙니다. 세상이 조용해지면 그때 빼 주세요. 천하민 대표님. 저도 지금 급합니다.

장일현의 눈에 핏발이 섰다.

핸드폰을 들고 있는 손이 떨려 오고 있었다.

"젠장! 제기랄!"

또 속아 넘어갔다.

어제 김희우가 왔었다.

그리고 기자회견을 해라 어째라 하는 헛소리를 내뱉었다.

장일현은 머리를 쥐어뜯기 시작했다.

김희우가 앞에 있다면 조심했어야 한다.

그런 계획을 말할 때의 김희우라는 인간은 이미 많은 장치를 치밀하게 준비하고 있다는 걸 기억했어야 했다.

한참 후 장일현은 화를 가라앉히며 최대한 냉정함을 찾아갔다. 그의 입에서 무거운 한숨이 흘렀다.

그의 생각은 계속 김희우에게 가 있었다.

"내가 천하민 대표와 통화한 것을 녹음했나?"

장일현은 이곳에 도청 장치가 숨겨져 있다는 생각은 하지 못하고 있었다.

단지 핸드폰이나 소형 녹음기로 녹음했다고 생각했을 뿐이다.

입을 꽉 깨문 장일현이 방을 서성거렸다.

그리고 잠시의 시간이 지났을 때, 그는 피식 웃었다.

그 미소는 점점 더 짙어지고 있었다.

"더 잘된 거잖아?"

그는 핸드폰을 들어 천하민에게 전화를 걸었다.

그 시각, 천호령 회장의 서재.

천하민 대표가 고개를 들었다.

그의 앞에는 천호령 회장이 앉아 있었다.

천호령 회장의 눈빛에는 화가 가득했다.

화가 나지 않으면 이상한 일이었다.

김희우를 옭아매기 위해 준비한 일이 시작도 하기 전에 장일현의 음성 파일 공개로 무산될 위기에 처해 버렸기 때문이다.

천호령 회장이 천하민 대표를 노려보며 말했다.

"지금 뭘 하고 다니는 거지?"

"죄송합니다."

그 와중에도 천하민 대표가 가진 핸드폰은 계속해서 진동을 울리고 있었다.

장일현에게 온 전화였다.

천호령 회장이 시선을 들어 천하민 대표를 바라봤다.

"받아."

"네?"

"받아."

천호령 회장의 낮은 목소리에 천하민 대표는 주머니에서 핸드폰을 꺼내 통화 버튼을 눌렀다.

수화기 너머로 장일현의 목소리가 흘러나왔다.

－장일현입니다. 기사 보셨습니까?

"지금 봤습니다."

천하민 대표는 앞에 있는 천호령 회장의 눈치를 보며 말했다.

장일현이 입을 열었다.

－거기 보면 천하민 대표님의 목소리는 없습니다. 그죠? 그것 역시 제가 다 안고 갈 수 있으니 걱정하지 마십시오. 제가 천하민 대표님과 엮으려고 했다고 말하면 끝날 일입니다. 무조건 모른다고 하세요. 하하하하.

천하민 대표의 입에서 깊은 한숨이 흘렀다.

한숨이 끝남과 동시에 장일현이 말했다.

－그런데 궁금한 게 하나 생겼네요. 상황이 이렇게까지 됐는데, 제가 검찰에 끌려갔을 때 천하민 대표님의 편을 들지

않으면 어떻게 되는 겁니까?

"……!"

천하민 대표는 입을 꽉 깨물었다.

수화기 너머에서 장일현의 목소리가 이어졌다.

－그러니까, 약속 꼭 지키십시오. 쓸데없는 생각 하지 말고요.

천하민 대표가 전화를 끊고 앞에 앉은 천호령 회장을 바라봤다.

천호령 회장이 말했다.

"장일현이라는 놈이지?"

"네."

"다시 만나자고 해."

"……."

"그리고 죽여."

"……!"

"지금은 네놈이 만든 비리가 문제가 아냐. 장일현이라는 놈과 놀아나고 있다는 게 사람들의 분노를 살 거야. 그건 그룹 전체의 문제가 될 수도 있어. 하지만 장일현을 죽여서 영원히 입막음을 시키면 사람들의 분노는 지나가는 바람이 될 거다."

천하민 대표가 떨리는 눈빛으로 천호령 회장에게 물었다.

"그럼 저는 어떻게 되는 거죠?"

천하민 대표는 이런 상황에서도 자신의 안위를 걱정하고 있었다.

천호령 회장이 고개를 저으며 말했다.

"그건 네 스스로 생각해라. 발버둥을 쳐도 좋으니 알아서 올라와 봐라."

다음 날.

뉴스를 보고 있던 천호령 회장의 눈이 시뻘겋게 달아올랐다.

장일현이 천하민 대표에게 전화했던 기사가 끝이 아니었다. 텔레비전의 화면에 장일현으로 보이는 한 남성이 어느 고깃집으로 들어가는 모습이 보였다.

이어서 천하민 대표의 차량이 주차장에 들어왔다. 그리고 천하민 대표가 고깃집으로 향했다.

그 모습이 텔레비전에 고스란히 나오고 있었다.

천호령 회장은 어이없다는 표정으로 고개를 저었다.

그의 주먹이 부르르 떨리기 시작했다.

그리고 '쾅!' 하고 그가 책상을 내려치는 소리가 요란하게 들렸다.

하지만 화가 풀리지 않은 모양이었다.

그가 빠르게 핸드폰을 들었다.

전화가 향하는 곳은 천하민 대표였다.

"넌 뭘 하고 돌아다니는 거야!"

-죄, 죄송합니다.

"튀어 와!"

천호령 회장의 분노로 가득한 목소리가 천하민 대표를 불렀다.

그 시각.

제왕 백화점 대표이사실.

소파에 앉아 있는 천유성 대표의 앞으로 조진석이 보였다.

천유성 대표가 비릿한 미소를 지으며 말했다.

"김희우가 이런 식으로 빠져나갈 거라고는 생각도 못 했어요."

조진석이 고개를 끄덕였다.

"저도 예상 못 했습니다."

조진석이 희우에게 천호령 회장의 계획을 알려 줬을 때, 희우는 자신만만한 표정으로 고개를 끄덕였었다.

하지만 조진석은 그때만 해도 희우가 천호령 회장의 계획에서 빠져나갈 수 있을지 긴가민가했다.

하지만 희우는 자신에 대한 의혹이 터지기 전에 장일현을 이용하여 천하민 대표와 엮어 버렸다.

조진석이 말했다.

"천호령 회장님의 계획은 시작도 못 하게 되었습니다."

천유성 대표가 즐거운 듯 고개를 끄덕인 후 물었다.

"앞으로 아버지가 어떻게 움직일 것 같나요?"

조진석은 천호령 회장의 가까이에서 오랜 시간 일을 처리한 사람이다.

천호령 회장의 정확한 의중은 몰라도 기본적인 생각의 방향은 예상할 수 있었다.

조진석이 입을 열었다.

"세 가지 길 중 하나를 택하실 겁니다. 하나는 세상의 폭풍이 지나갈 때까지 가만히 숨을 죽인 채 기다리는 겁니다."

천유성 대표가 고개를 저었다.

"아버지는 나이가 많아. 지병도 있어요. 숨을 죽인 채 기다리다가 정말 죽을 수도 있습니다. 그건 택하지 않을 거예요."

조진석이 고개를 끄덕였다.

"저도 그렇게 생각합니다. 그럼 다른 하나는 장일현을 죽이는 겁니다. 하지만 이것 역시 선택하지 않으실 겁니다."

"이유는?"

"장일현의 통화 음성이 공개되었을 때만 해도, 그러니까 어제만 해도 회장님은 장일현을 처리할 생각을 하고 계셨을 겁니다. 하지만 오늘 아침 장일현과 천하민 대표가 고깃집에서 만나는 장면이 뉴스를 탔습니다."

"……."

"음성 파일과 오늘의 동영상이 언론에 터졌는데, 언론에 서는 익명의 제보자라 하고 검찰에선 모르쇠로 일관하고 있습니다. 검찰이 정말 모르고 있을까요?"

천유성 대표가 슬쩍 미소 지으며 고개를 저었다.

조진석이 계속 말했다.

"전 검찰이 장일현을 미끼로 사용하고 있다는 생각이 듭니다. 제가 이런 생각을 했으니 회장님은 그 이상을 보고 계실겁니다. 천호령 회장님은 빤히 보이는 함정에 빠지는 어리석은 분은 아닙니다."

천유성의 입가에 짙은 미소가 걸렸다. 그가 손뼉을 쳤다.

"그러니까, 검찰에서 천하민이를 잡기 위해 장일현이라는 미끼를 사용했다는 거죠? 대단해. 대한민국 검찰이 아주 훌륭해졌어요."

"……."

조진석에게 아무 반응이 없었다.

그는 지금 천유성 대표의 행동이 마음에 들지 않았다.

천유성 대표의 행동은 조진석도 생각한 검찰의 방향을 그가 예측하지 못했다는 걸 말하고 있었다.

앞으로 제왕 그룹이라는 거대한 곳을 이끌어 갈 사람의 그릇이라고는 할 수 없었다.

더 겸손해지고 더 배워야 한다.

하지만 천유성 대표에게 그런 노력은 전혀 보이지 않았다.

조진석이 가만히 있자 천유성 대표가 피식 웃으며 말을 이었다.

"좋아요. 그럼 아버지가 선택할 마지막 방법은 뭡니까?"

조진석이 가볍게 숨을 내쉬었다. 그리고 말했다.

"마지막으로 더 큰 사건을 만들어 이번 일을 덮는 겁니다."

"더 큰 사건을 만든다?"

조진석이 고개를 끄덕였다.

"일단 여론의 눈을 돌리고 숨을 쉴 수 있는 시간을 만드실 겁니다."

"……."

"그 시간에 다른 방법을 찾을 수 있으니까요. 하지만 어떤 사건으로 상황을 덮으실지는 모르겠습니다."

천유성 대표는 못 믿겠다는 표정으로 조진석을 물그러미 바라봤다.

조진석이 고개를 숙이며 말했다.

"회장님께 지시를 받으면 말씀드리도록 하겠습니다."

"그러세요."

조진석의 표정은 어두웠다.

조진석의 마음속에는 천유성 대표를 계속 따라도 될 것인가에 관한 의문이 계속해서 가득 차오르고 있었다.

하지만 차오를 뿐이다.

그런 생각이 차오르다 못해 넘친다 해도 어쩔 수 없었다.

천유성 대표가 모자라라고 해도 제왕 그룹의 힘을 가질 사람이다.

그 옆에 붙어 있지 않고선 조진석은 자신의 조직을 꾸려 나갈 수 없었다.

─────✦✦─────

그 시각, 김석훈의 국회의원 사무실.

김석훈이 있는 방의 문이 벌컥 열렸다.

그 누구도 이렇게 예의 없이 문을 여는 사람이 없었다.

책상에 앉아 있던 김석훈이 살짝 고개를 들어 앞을 보자 그 앞에 천시현이 붉게 상기된 얼굴로 서 있었다.

"무슨 일이지? 연락이라도 하고 오지 그랬나?"

"어떻게 하죠?"

"뭘 어떻게 하지?"

"천하민요!"

김석훈이 한숨을 내쉬었다.

"문이나 닫아."

김석훈의 낮은 목소리에 천시현이 붉은 입술을 꽉 깨물며 열린 문을 닫았다.

김석훈은 책상에서 일어나 앞에 있는 소파로 걸어갔다.

그리고 천시현의 표정과 달리 편안한 자세로 소파에 앉았다.

그의 행동을 보는 천시현은 어이없다는 듯 고개를 저었다.

"지금 뭘 하고 계신 거죠?"

"큰 소리 내지 말고 앉아."

천시현은 앉지 않았다.

그녀가 고개를 저으며 말했다.

"천하민이 잡혀가면 난 어떻게 해야 하는 거죠?"

김석훈이 피식 웃으며 천시현에게 시선을 향했다. 그리고 말했다.

"천호령 회장님의 표정은?"

"……?"

뜬금없이 천호령 회장의 표정을 물어보니 천시현은 큰 눈을 깜빡였다.

김석훈이 말했다.

"자네는 USB를 가지고 오는 것을 실패했어. 그 일로 인해 지금 이런 일이 벌어진 거야."

천시현은 할 말이 없었다. 사실이기 때문이다.

USB를 가지고 나오다가 천호령 회장에게 걸렸을 때, 그녀는 김희우가 시켰다는 말을 전했다.

그 일이 이렇게까지 번지고 있었다.

김석훈이 말했다.

"지금 자네가 할 수 있는 건 두 가지야."

어게인
마이라이프
SEASON2

"두 가지요?"

김석훈이 고개를 끄덕이며 말을 이었다.

"하나는 집에 틀어박혀 앉아 천호령 회장님의 표정을 살피는 거야. 천하민을 살려 줄지 아니면 죽일지, 모든 건 천호령 회장님의 의중에 달려 있으니까."

"좋아요. 그럼 다음 할 일은요?"

"난 이번이 오히려 기회라는 생각이 들었어."

"기회?"

천시현의 검은 눈동자에 의문이 가득 감겼다.

김석훈이 살짝 웃으며 말했다.

"천유성에게 붙어."

천시현이 고개를 저었다.

"천유성은 내가 천하민과 손잡은 걸 알고 있을 거예요."

"그러니까 붙으라는 거야. 천유성은 자네가 오는 걸 오히려 좋아할 거야. 천하민이 위태위태한 상황에서 그놈에게 붙어 있던 자네가 떨어져 나온다면 어떻게 생각하겠나?"

"……!"

"천유성은 천하민이 무너지기만을 기다리고 있어. 자네가 온다면 전리품을 얻은 것처럼 행동하겠지."

천시현이 붉은 입술을 꽉 물었다.

그리고 김석훈의 앞에 마주 앉으며 고개를 끄덕였다.

김석훈이 계속 말했다.

"하지만 천하민을 버리라는 말도 아니야. 둘 다 이용해."

천시현은 침을 꿀꺽 삼켰고, 김석훈의 낮은 목소리가 그녀의 귓속으로 파고들어 갔다.

김석훈이 계속 말했다.

"알잖아? 둘 중 하나는 제왕 그룹의 회장이 된다. 지금 천유성이 유리하다고 하지만 천하민이 안 되리라는 법은 없어."

천시현이 고개를 끄덕거렸다.

그녀의 끄덕거림을 보며 김석훈은 갑자기 신발 끈을 묶는 척 고개를 숙였다. 자신의 말을 철석같이 믿고 따르는 멍청한 여자를 보고 있으니 웃음이 나오는 걸 참을 수가 없었다.

고개를 숙여 천시현이 볼 수 없는 김석훈의 표정.

그는 악마 같았다.

천시현이 말했다.

"두 오빠에게 붙으라는 건 알겠어요. 그런데 내 남편은 어떻게 찾을 수 있죠?"

김석훈이 고개를 들며 가만히 천시현을 바라봤다. 그리고 말했다.

"USB를 손에 넣을 생각을 해."

"또 USB인가요? 그 안에 의원의 비리가 있다고 했는데, 그걸로 남편을 어떻게 찾아요?"

"이번에 천호령 회장님의 반응을 봤지? 그걸 가지고 있다면 협상할 수 있어. 상대가 천호령 회장님이든, 아니면 새로운 회장이 될 천유성이나 천하민이든. 그 USB를 손에 쥐고 거래한다면 자네가 모르고 있는 남편의 뒷이야기를 들을 수 있을 거야."

"……"

"거래란 상대가 원하는 걸 가지고 있을 때 유리하게 성사될 수 있거든."

천시현은 김석훈의 말에 멍하니 고개를 끄덕일 뿐이었다.

장일현이 숨어 있는 집.

하늘이 어둑어둑해지는 시간, 그 골목으로 희우가 들어섰다.

조용한 골목엔 희우의 발소리만 들려왔다.

그리고 희우가 집 앞에 섰다.

문을 열고 안으로 들어가자 장일현이 문 앞에 서 있었다.

"……?"

희우는 물끄러미 장일현을 바라봤다.

지금까지 희우는 장일현을 몇 번 방문해 왔다.

하지만 그때마다 장일현은 방구석에 드러누워 희우가 오든 말든 신경 쓰지 않았다.

그런 장일현이 희우가 오는 소리에 문 앞까지 나와 있다니.

두 사람의 눈이 허공에서 마주쳤다.

장일현이 어색하게 웃었다.

"와, 왔어?"

희우는 슬쩍 미소 지었다.

장일현이 왜 이런 행동 변화를 보이는지 알고 있었다.

이젠 장일현이 제왕 화학에서 일어난 비리를 모두 뒤집어쓰고 싶어도 그러기가 힘들었다.

수배 중인 장일현과 천하민 대표가 만나는 영상이 세상에 공개되었기 때문에 장일현이 무슨 말을 한다 해도 사람들은 믿지 않을 거다. 이런 상황에 장일현은 천하민 대표의 손을 계속 잡고 있을 수 없었다.

천하민 대표 역시 장일현은 이제 신경도 쓰지 않을 거다.

즉, 두 사람이 고깃집에서 나눴던 거래는 무효로 돌아갔다.

각자 살길을 찾아야 했다.

장일현에겐 그 살길이 희우였다.

그런 속셈이 희우에게 빤히 보였다.

하지만 희우가 모른 척 말했다.

"왜 나와 계세요? 들어가 계시지."

장일현이 고개를 끄덕였다.

"응, 그래. 들어가자. 춥지?"

희우가 안으로 들어가며 슬쩍 장일현을 바라봤다.

어제 그 교활하던 표정은 없었다.

모든 걸 수긍한 패배자의 얼굴이었다.

어게인
마이라이프
SEASON2

희우가 입을 열었다.

"살고 싶습니까?"

"어?"

난데없는 질문에 장일현은 눈을 깜빡였다.

희우의 눈이 싸늘하게 장일현에게 향했다.

장일현은 고개를 끄덕였다.

"바, 방법이 있을까?"

"네, 있습니다."

희우의 목소리가 건조하게 흘러나왔다.

"검찰에 협조하세요. 그게 지금 장일현 선배가 살 방법입니다."

장일현의 눈이 떨려 왔다.

"거, 검찰에 협조하라고?"

지금껏 검찰을 피해 숨어 다녔는데, 이제 와서 검찰에 협조하라니, 장일현은 고개를 저었다.

희우가 말했다.

"지금은 장일현 선배가 살 생각만 하세요."

"……."

"천하민이 잡히면 장일현 선배의 이름은 언론에서 보이지 않을 겁니다. 제왕 그룹의 후계자 중 하나인 천하민과 일개 도주범의 체포는 그 무게가 다르니까요."

장일현이 한숨을 쉬었다.

"수사를 돕고 조금이라도 감형받으라는 건가?"

희우가 고개를 끄덕였다.

"천하민의 협박을 이기지 못해서 어쩔 수 없이 했던 비리였다고 선언한다면 어떻게 될까요? 실형을 피할 순 없어도 상당히 많은 감형은 가능할 것 같은데요. 사람들이 선배에게 던지려 했던 돌멩이가 천하민에게 향할 테니까요."

장일현은 한숨을 내쉬었다. 희우의 말을 따르려면 제왕 그룹과 철저하게 반대편에 서야 한다.

그가 고민하고 있을 때, 희우가 피식 웃었다.

"지금 상황에서 제왕 그룹과 계속 연을 이어 간다고 해서 달라질 게 없을 텐데요. 천하민 대표와 같은 교도소에서 만나 밥이나 나눠 먹겠죠."

장일현이 무거운 한숨과 함께 입을 열었다.

"좋아. 그렇게 하지. 민수더러 오라고 해."

희우와 민수는 장일현이 숨어 있는 집 밖에서 만났다.

민수가 말했다.

"벌써 잡아넣어? 조금 더 여기에 가두고 천하민이 무리수를 둘 때까지 기다리는 게 좋지 않을까?"

희우가 슬쩍 웃었다.

"저도 그 생각을 하지 않은 건 아닌데요. 세상의 눈이 집중된 상황에서 천하민이나 천호령 회장이 장일현을 상대로 무리수를 놓지는 않을 것 같아서요."

민수가 기지개를 쭉 켜며 고개를 끄덕였다.

"그것도 그렇겠다. 그리고 또 요즘 하도 욕먹는 중이라 총장님이 장일현 언제 잡아 오냐고 물어보더라."

검찰은 엄청난 욕을 먹는 중이었다.

언론에서 장일현의 음성 파일과 고깃집에 들어가는 동영상이 익명의 제보자에 의해 공개된 상황이다. 그러니 국민들에게는 검찰이 장일현을 잡지 못하고 있는 것으로만 보일 뿐이었다.

장일현은 검사 출신이었기에 봐주기를 하고 있는 게 아니냐는 여론까지 일고 있었다.

민수가 말했다.

"그럼 장일현 사건은 오늘부로 종료하지."

희우가 살짝 고개를 숙였다.

"그동안 고생하셨습니다."

"고생은 무슨. 그런데 장일현이 나를 왜 보자는 거야? 난 저놈 싫은데."

"장일현도 선배 싫어한대요."

"알아, 흘흘흘."

민수는 장난스럽게 웃으며 집 안으로 향했다.

방 안에는 장일현이 앉아 있었다.

희우와 민수가 들어오자 고개를 숙이고 있던 장일현이 한숨과 함께 고개를 들었다.

그리고 장일현은 민수와 시선을 마주치며 말했다.

"수사에 최대한 협조하겠다."

민수의 입꼬리가 말려 올라갔다.

"그럼 협조하는 김에 일단 연기 한번 해 보시겠습니까?"

"연기?"

민수가 고개를 끄덕였다.

"기자들 앞에서 사건을 폭로하는 남자. 일명 토사구팽당한 개. 장일현 씨가 연기할 내용입니다. 개런티로 맛있는 설렁탕. 어때요?"

장일현이 한숨을 내쉬며 고개를 끄덕였다.

텔레비전을 보고 있는 천호령 회장의 눈에는 분노만 가득했다. 시뻘겋게 변한 그의 얼굴은 흡사 얼굴에 있는 모든 근육이 인상을 구기는 데 사용되는 것 같았다.

텔레비전의 화면에 장일현이 서 있었다. 그리고 화면 하단에는 '장일현 기자회견'이라고 적혀 있었다.

저런 놈이 어떤 말을 할지는 뻔하다.

분명 모든 죄는 천하민에게 있고, 본인은 바보같이 협박에 이기지 못했다는 말을 할 거다.

천호령 회장의 눈에 분노가 가득 차올랐다.

그리고 장일현의 목소리가 들려왔다.

－먼저 그동안 혼란을 끼친 것에 대해 모든 분들께 사죄의 말씀을 드립니다.

이어진 말은 천호령 회장이 예상하던 것과 같았다.

천호령 회장의 입에서 '끄음.' 하는 신음이 흘렀다.

그는 전화를 들어 올렸다.

전화를 받은 사람은 천하민이다.

예상대로 천하민은 아무것도 못하고 우물쭈물하고 있었다.

천호령 회장이 말했다.

"지금 당장 반박 기사 올려!"

며칠이 지났다.

모든 언론에서는 검찰이 제왕 호텔과 천하민 대표의 자택을 압수 수색한다는 발표가 나오고 있었다.

아직 천하민 대표의 재판이 이뤄지지는 않았지만 천유성 대표는 더욱 의기양양해졌다.

그리고 세상은 여전히 혼란스러웠다.

천하 그룹 총수의 부재, 제왕 호텔 대표의 부재 등 경제의 전반이 흔들리는 중이었다.

그 시각, 희우는 아내와 함께 앉아 있었다.

조금 있으면 딸 귤희의 첫 돌이다.

아내가 말했다.

"여보는 관심 없길래 내가 알아서 준비하고 있으니까 뭐라고 하지 마. 돌잔치는 가족끼리만 할 거야."

가족끼리만 한다는 말에 희우가 고개를 끄덕였다.

아내가 계속 말했다.

"가족끼리만이야. 그러니까 상만 씨도 부르지 마."

희우가 눈을 동그랗게 떴다.

"상만이도?"

"안 돼. 가족만이야."

"상만이는 가족……."

희우는 더 말을 못 했다. 아내의 째려보는 눈에 입을 다물어야 했기 때문이다.

일이 바빠서 아무것도 도와주지 못했기에 할 말이 없었다.

수첩을 펼치고 뭔가를 적는 아내를 보며 희우의 입엔 쓴웃음이 걸렸다. 상만을 부르지 말라는 말 때문은 아니다.

사실 희우는 돌잔치를 할 생각이 없었다.

그리고 만약 한다고 해도 아내 말대로 부모님과 식사하는 정도로만 끝낼 생각을 하고 있었다.

하지만 그게 조금 걸렸다.

희우의 아내는 부모님이 두 분 다 돌아가셨기 때문이다.

오빠들이라도 오면 좋으련만, 지금 큰오빠는 구치소에 가 있고 작은오빠와는 사이가 좋지 않다.

즉, 아내는 부를 사람이 없었다.

그래서 희우는 '아내가 친구도 좀 불렀으면.' 하는 마음에 상만을 언급한 건데, 아내는 또 그게 아닌 것 같았다.

희우의 표정을 알았는지 아내가 활짝 웃으며 말했다.

"부모님 두 분만 모시고 할 거야."

"괜찮겠어?"

"알아보니까 요즘엔 돌잔치 하지 않는 집도 많다더라. 그 래서 우리도 그냥 넘어갈까 했는데, 또 부모님 마음엔 그게 아니잖아. 간단히 근처 한정식집에서 식사하고 돌잡이는 집 에 와서 내가 준비한 것으로 하면 어때?"

희우는 살짝 미소를 그리며 고개를 끄덕였다.

"그래, 그렇게 해."

"돌잡이할 때 준비할 물건은 뭐가 좋을까? 실, 돈, 마이 크, 연필…… 또 뭐 있지?"

"쌀?"

"아, 쌀도 있다."

아내는 수첩에 하나씩 필요한 것을 적고 있었다.

그런 아내를 보다가 희우는 슬쩍 달력을 바라봤다.

이제 또 한 해가 저물고 있었다.

그리고 그다음 해.

희우의 입가에 쓰린 미소가 걸렸다.

내년은 희우에게 좋지 않은 기억이 있는 연도다.

바로 검은 양복에게 죽었던 그 연도이기 때문이다.

이제 그날이 점차 가까워져 오고 있었다.

물끄러미 달력을 보고 있던 희우에게 아내가 물었다.

"여보는 귤희가 뭘 잡았으면 좋겠어?"

"응? 뭘 잡아?"

희우의 시선이 달력에서 아내에게로 향했다.

아내가 고운 미간을 살짝 찌푸렸다.

"돌잡이할 때, 뭘 잡았으면 좋겠냐고."

희우가 피식 웃었다.

"난 실이나 잡았으면 좋겠네."

"실? 건강하게 오래 살라고?"

"응, 그게 최고니까."

희우의 시선은 다시 달력으로 향했다.

그리고 그 시각.

천호령 회장 앞으로 조진석이 앉아 있었다.

천호령 회장이 입을 열었다.

"김석훈은 요즘 뭘 하고 있지?"

"확인해 보겠습니다."

천호령 회장이 고개를 저었다.

"아냐, 확인해 볼 필요 없어. 조만간에 김석훈을 만나 보도록 해."

"알겠습니다."

"그리고 김석훈에게 김희우를 견제하라고 해. 김석훈이 견제하면 김희우는 함부로 움직일 수 없을 거야."

"알겠습니다."

조진석은 고개를 꾸벅 숙였다.

천호령 회장이 계속 말했다.

"그리고 대통령이 요즘 시큰둥해하고 있어."

독재를 준비하고 있던 천호령 회장과 오명성 대통령이다.

그들은 천하 그룹을 상대로 시위를 일으킨 시위대의 폭력성이 한계를 넘어선 시끄러운 세상에서 오명성 대통령이 영웅이 되어 모든 걸 조용히 만드는 걸 계획하고 있었다.

하지만 희우의 난입으로 시위대는 이도 저도 못 하고 붕

뜬 상태가 되어 버렸다.

게다가 천하 그룹과 제왕 그룹의 조사 결과 발표가 하나씩 터질수록 사람들은 정부를 향해 좋지 않은 시선을 보내고 있었다.

영웅이 되어야 할 대통령이 손가락질을 받기 시작했다.

천호령 회장이 가지고 있던 계획과는 전혀 상관없는 방향으로 흘러가고 있었다.

그걸 대통령도 느꼈나 보다.

요즘 오명성 대통령은 독재에 관한 생각이 흐지부지되고 있는 것 같았다.

천호령 회장이 조진석에게 말했다.

"대통령에게 경각심을 심어 줄 필요가 있겠어."

조진석이 고개를 들어 천호령 회장을 바라봤다.

"진규학 의원을 움직여서 대통령을 압박할까요?"

천호령 회장이 고개를 저었다.

"아냐, 정치적으로 움직일 게 아니야. 대통령이 개인적으로 경각심을 일으켜야 해."

"……."

"대통령에게 쉬쉬 숨기고 있는 아들놈이 하나 있어. 곧잘 술에 취해 돌아다닌다고 하더군."

"네, 알고 있습니다."

"자네 애들을 적당히 꾸며서 시위대에 합류시켜."

조진석의 눈에 당혹스러움이 떠올랐다.

지금 천호령 회장의 다음 말이 예상되었기 때문이다.

하지만 인정하지 않았다.

'설마, 설마…….'

그리고 천호령 회장이 입을 열었다.

"그 아들놈을 움직이는 건 내가 하지. 그놈이 시위대 근처에 왔을 때, 부하들을 시켜서 이마 같은 곳에 기스를 내도록 해."

조진석의 눈동자가 떨려 왔다.

다른 사람도 아닌 대통령의 아들을 테러하라는 말이다.

자칫 조진석이 가진 조직의 근간을 흔들 수도 있었다.

조진석은 입을 꽉 깨물었다.

'확실히 정신이 온전치 못해.'

그는 천호령 회장이 잘못된 판단을 한다고 여겼다.

어쩔 수 없는 일이다.

시간이 흐르며 정신이 흐려지는 건 자연의 섭리다.

하지만 조진석은 고개를 숙였다.

그가 할 수 있는 건 하겠다는 대답뿐이다.

"알겠습니다."

천호령 회장의 입가에 살짝 미소가 그려졌다.

그는 조진석을 보며 말했다.

"다른 건 몰라도 이 일은 천유성에게 말하면 안 돼."

"……!"

단 한마디에 조진석의 심장은 얼어붙는 것 같았다.

조진석의 시선이 천호령 회장에게로 향했다.

천호령 회장은 여전히 빙긋이 미소를 그리고 있을 뿐이다.

천호령 회장이 말했다.

"이런 일은 알고 있는 사람이 적을수록 좋은 일이야. 자네 부하 중에서도 몸은 날래도 입은 무거운 사람을 뽑도록 하게."

조진석의 눈동자는 지진이 난 것처럼 흔들리고 있었다.

지금 천호령 회장이 하는 말을 듣고 있으면 조진석이 했던 모든 일을 알고 있는 것 같았다.

조진석은 천호령 회장에게 어떤 말도 못 하고 딱딱하게 굳어 갔다.

그런 조진석을 보며 천호령 회장은 여유로운 태도로 슬쩍 웃으며 말했다.

"왜 대답을 안 하나?"

조진석이 고개를 숙였다.

Chapter 2

새벽 2시.

대부분의 사람은 잠에 빠져 있을 시간이다.

희우의 집 역시 마찬가지다.

안방에서는 희우의 아내와 딸이 자고 있었다.

하지만 안방에 희우는 보이지 않았다.

그는 지금 현관을 벗어나고 있었다.

그렇게 엘리베이터를 타고 내려와 아파트 건물 현관까지 벗어났다.

밖으로 나온 희우는 누구를 찾는지 주변을 두리번거렸다.

멀리 주차장 한편에서 담배를 태우고 있는 조진석이 보였다.

희우는 그의 전화를 받고 밖으로 나온 것이다.

희우가 그의 앞으로 다가갔다.

"이 시간에 어쩐 일입니까?"

희우의 목소리에 조진석이 고개를 돌렸다.

조진석이 희우를 향해 살짝 고개를 숙였다. 그리고 말했다.

"늦은 시각에 죄송합니다."

"아뇨, 괜찮습니다. 이 시간에 오신 걸 보니 꽤 중요한 일이 있나 봅니다."

조진석은 대답 대신 담배를 입에 물었다. 그의 입에선 연기만 흘러나올 뿐이었다.

하지만 희우는 보채지 않았다. 조진석이 말할 때를 기다렸다.

시간이 약간 지났다.

조진석이 담배를 비벼 끄며 입을 열었다.

"천호령 회장님이 모든 걸 알고 있었습니다."

희우의 눈이 찌푸려졌다.

"회장님이 모든 걸 알고 있다고요? 무슨 말이죠? 이해가 가지 않습니다."

조진석이 가볍게 한숨을 내쉬었다. 그는 희우의 표정이 이해되었다. 뜬금없이 천호령 회장이 모든 걸 알고 있었다고 말하면 그 누구라도 이해하기는 힘들 것이다.

조진석이 천천히 입을 열었다.

"천호령 회장님이 오늘 말씀하셨습니다. 최근의 일은 천유성 대표에게 보고하지 말라고요."

희우의 눈이 찌푸려졌다.

"천유성 대표에게 보고하지 말라 했다고요?"

"네, 그 말이 무슨 뜻인지 알고 있죠?"

희우가 한숨을 내쉬며 고개를 끄덕였다.

조진석은 천유성 대표와 내통하고 있었다.

하지만 오늘 천호령 회장의 말은 조진석이 어떤 행동을 하고 있는지 모두 알고 있다는 뜻이다.

희우의 눈이 찌푸려졌다.

'알고 있었다고?'

희우가 잠시 생각하고 있을 때, 조진석이 떨리는 목소리로 말했다.

"천호령 회장님이 어떻게 알고 있었을까요? 지금 일어나는 모든 게 천호령 회장님의 계획이 아니었을까요?"

"……."

말을 하던 조진석이 고개를 저었다. 그리고 무거운 한숨을 내쉬며 계속 말했다.

"전 지금 무엇을 믿어야 하고 무엇을 믿지 말아야 할지 모르겠습니다."

"……."

"천호령 회장님의 몸에 지병이 있다던 것마저도 어쩐지 모두 회장님의 계획인 것만 같습니다. 천호령 회장님이라면 병원장을 압박해서 없는 병도 만들어 낼 수 있잖아요."

중얼거리듯 말을 하던 조진석이 고개를 돌려 희우를 바라봤다.

두 사람의 눈동자가 마주쳤다.

조진석의 눈동자는 겁을 먹었는지 심하게 떨리고 있었다.

희우가 말했다.

"어떤 상황인지 예측됩니다. 그런데 저를 찾아오신 이유가 무엇입니까?"

조진석이 한숨을 내쉬었다. 그러더니 다시 품에서 담배를 꺼내 입에 물었다. 라이터를 켜는 그의 손이 바르르 떨리고 있었다.

뿌연 연기가 다시 흘러나올 때, 조진석이 말했다.

"천호령 회장님이 본격적으로 움직이기 시작했습니다. 김희우 의원님에 관한 계획은 한번 실패했지만 포기하지 않으실 겁니다."

"……."

"아마도 다음 작전은 확실하게 성공하기 위해 물리적인 방법을 동원할 것 같습니다."

"물리적인 방법요?"

조진석이 고개를 끄덕였다.

"아시지 않나요? 천호령 회장님은 적을 제거할 때 가장 심플한 방법을 사용합니다. 지금까지 김희우 의원님은 천호령 회장님께 적이긴 했지만 필요한 존재이기도 했습니다. 이번에도 김희우 의원님을 통해 사람들의 분노를 만들어 내려 했으니까요."

"……."

"하지만 천호령 회장님은 더 이상 김희우 의원님을 이용하려 하지 않을 겁니다. 이제 김희우 의원님은 방해만 되는 존재니까요. 회장님은 무슨 수를 써서라도 제거할 계획을 하고 있을 겁니다."

심플하면서 물리적인 방법이란 살인을 예고하는 것이다.

희우는 조진석과 눈을 마주치며 물었다.

"왜 이 이야기를 제게 해 주는 겁니까? 이번에도 아버지 때문입니까?"

조진석이 고개를 저었다.

"내가 살기 위해서입니다."

"……?"

"말씀드렸잖아요. 난 지금 아무도 믿을 수 없습니다. 나도 믿을 수 없어요. 천호령 회장님이 정말 지병이 있는지, 심지어 천호령 회장님과 천유성 대표가 짜고 나를 놀리고 있는 건 아닐까 하는 생각마저 들고 있어요."

조진석은 천유성 대표와 만날 때, 철저히 비밀스럽게 만나고 있었다. 그런데 천호령 회장이 모든 걸 알고 있었다니, 조진석에게는 충격이었고 모든 게 혼란스러울 수밖에 없었다.

조진석이 희우를 보며 계속 말했다.

"전 천유성 대표는 믿을 수 없습니다. 회장 자리에 앉기도 전에 이미 앉았다고 생각하고 있어요. 그런 사람은 성공하기 직전에 실패를 겪을 가능성이 큽니다."

희우가 가만히 그의 말을 듣다가 물었다.

"좋습니다. 천유성은 믿지 않는다고 칩시다. 그럼 천호령 회장님은요? 천유성 대표와 달리 천호령 회장님은 조진석 실장이 믿고 있다고 생각하는데요."

조진석이 고개를 저었다.

"믿는 것과 의심은 다른 거죠. 믿어도 의심할 수 있는 것 아닙니까? 맹목적인 믿음은 종교에서나 가능한 거니까요. 천호령 회장님께 지병이 있다는 이야기를 들은 후, 저는 몇 번이나 회장님을 의심했습니다."

조진석은 잠시 말을 멈췄다.

그는 긴장을 지우기 위해 담배를 입에 물고 깊게 빨아들였다. 그리고 계속해서 말했다.

"회장님은 제가 의심했었다는 것도 알고 계십니다."

"……."

"회장님은 한번 깨져 금이 간 유리창은 다시 붙일 수 없다고 생각하는 분입니다. 한번 의심했거나 떠난 사람을 다시 받아들이지 않는 분이지요."

"……."

잠시 조진석의 목소리가 멎었다.

그는 들고 있던 담배를 입에 대고 다시 한 번 힘껏 빨아들였다. 볼이 움푹 파일 정도였다.

흐린 연기가 다시 그의 입에서 흘러나왔다. 그리고 그 연기와 함께 조진석의 힘없는 목소리도 흘러나왔다.

"회장님의 계획이 끝나면 저는 제거될 겁니다. 말하지 않아도 저는 알고 있습니다. 지난 세월 동안 천호령 회장님의 뒷일을 도맡아 했으니까요. 어떤 생각을 하고 계시든 모든 것을 예상할 수 있습니다."

조진석의 시선이 희우를 향했다. 그의 눈은 희우의 눈과 정면으로 마주치고 있었다. 그가 낮지만 또렷한 목소리로 말했다.

"그래서 김희우 의원을 찾아왔습니다."

"살기 위해서요?"

조진석이 고개를 끄덕였다.

"네, 살기 위해서 찾아왔습니다. 김희우 의원님은 천호령 회장님과 유일하게 적대할 수 있는 사람이니까요."

조진석은 여전히 떨리는 눈동자를 숨기지 못하고 있었다.

그를 물끄러미 바라보던 희우의 입에서 가벼운 한숨이 흘러나왔다.

조진석의 말을 어디까지 믿어야 할지는 알 수 없었다.

천호령 회장의 지시로 찾아온 걸 수도 있었고, 조진석의 말이 정말 사실일 수도 있었다.

희우는 손을 깍지 낀 후 쭉 기지개를 켰다가 손목을 털며 물었다.

"시간도 늦었는데 단도직입적으로 여쭤 보죠. 그러니까, 조진석 실장님의 말씀은 제게 정보를 제공해 주겠다는 건가요?"

조진석이 고개를 끄덕였다.

"네, 제가 알고 있는 정보를 김희우 의원님과 공유하겠습니다."

희우가 슬쩍 웃으며 조진석에게 손을 내밀어 악수를 권했다.

"감사합니다. 정보라는 건 하나라도 더 얻을 수 있다면 좋은 거죠. 앞으로 잘 부탁드립니다."

조진석의 눈동자는 희우가 내민 손으로 향했다. 하지만 그는 희우가 내민 손을 잡지 않았다.

그는 희우에게 마지막으로 들어야 할 말이 있었다.

그의 목소리가 무겁게 흘렀다.

"김희우 의원님, 저를 살려 줄 수 있겠습니까?"

희우가 머리를 긁적였다.

"조진석 실장님이 말한 살려 달라는 말이 천호령 회장의 손에서 목숨을 건지고 싶다는 거라면 최선을 다하겠습니다. 하지만 감옥에 가지 않는 걸 의미한다면 대답하기 어렵습니다. 죄를 지었으면 벌을 받아야죠."

조진석은 천천히 고개를 끄덕였다. 감옥에 간다 하더라도 목숨만 건질 수 있다면 모든 걸 수긍하겠다는 눈치다.

천천히 고개를 끄덕이던 조진석이 입을 열었다.

"알겠습니다. 혹시 필요한 정보가 있습니까? 가장 우선하겠습니다."

"한상제 변호사 사망 사건의 진실."

"……!"

"할 수 있다면 그 진실을 제 손에 올려다 주세요. 제가 여기까지 오게 된 이유니까요."

조진석의 미간이 찌푸려졌다.

희우가 원하는 정보가 조진석이 예상한 것과 많이 달랐기 때문이다.

조진석이 물었다.

"그거면 되겠습니까? 제왕 그룹의 비리가 아니라 단지 그 진실이 궁금한 겁니까? 싸우기 위해선 다른 게 필요하지 않을까요?"

희우가 어깨를 으쓱해 보였다.

"다른 비리는 궁금하지 않습니다. 문서에 적힌 숫자야 시간이 걸려서 그렇지, 찾아보고 확인하면 나오니까요. 하지만 한상제 변호사의 죽음은 궁금합니다. 가려진 거짓이니까요."

이 말을 끝으로 희우의 시선이 조진석의 눈동자를 향했다.

또렷한 희우의 눈빛에 조진석은 자신도 모르게 그만 침을 꿀꺽 삼키고 말았다. 희우의 눈빛은 조진석의 눈동자를 지나 마음속까지 들춰 낼 듯했다.

조진석의 표정이 굳어졌다.

반대로 희우는 슬쩍 미소를 그리고 있었다.

희우가 말했다.

"부탁 좀 드리겠습니다."

희우의 말에 조진석은 애써 침착하게 답했다.

"알겠습니다. 한상제 변호사 사망에 대한 자료는 가장 우선해서 찾아보겠습니다."

하지만 조진석은 몰랐다. 그의 시선은 희우의 눈을 피하고 있었다.

잠시 후, 조진석은 희우에게 깊숙이 고개를 숙인 후 타고 온 차량에 올랐다.

조진석이 탄 차량이 시동이 걸렸다.

그리고 미끄러지듯 아파트를 벗어났다.

차량에 타고 있던 조진석, 차량이 사라지는 걸 보고 있는 희우.

두 사람의 표정은 딱딱하게 굳어져 있었다.

조진석의 자동차가 희우의 눈에서 완전히 사라졌을 때 희우는 피식 미소 지었다.

'천호령 회장이 조진석과 천유성 대표가 손잡은 것을 알고 있는 것은 사실.'

희우는 고개를 들어 하늘을 바라봤다.

서울의 밤하늘에는 별이 보이지 않았다.

하지만 별이 보이지 않는다 해서 하늘에 별이 없는 게 아니다. 단지 가려져 있을 뿐이다.

하늘을 보던 희우가 슬쩍 미소 지었다.

'조진석이 나와 손을 잡는 것은 거짓.'

모든 것은 천호령 회장의 계획이다.

조진석은 오늘 '천호령 회장님이 오늘 말씀하셨습니다. 최근의 일은 천유성 대표에게 보고하지 말라고요.'라는 말을 전했다.

하지만 조진석은 천호령 회장과의 깊숙한 대화 내용까지 이야기하지 않았다. 얼버무리고 지나갔을 뿐이다.

모든 사실을 공유한다고 해 두고 어떤 일로 천호령 회장이 어떤 지시를 내리며 그런 말을 했는지 말하지 않았다.

천호령 회장은 조진석을 이용하여 희우를 공격하려 하고 있었다.

희우가 머리를 긁적였다.

'천호령 회장은 아직도 내가 쉽게 보이나 보네.'

그의 입가에 가벼운 미소가 걸려 있었다.

⁂

며칠 후, 조진석은 자신의 사무실에 앉아 있었다.

문이 열리고 여덟 명의 사내가 안으로 들어왔다.

조진석이 가장 앞에 선 남자를 바라봤다.

남자의 이름은 김성호.

조진석의 바로 아래 서열인 남자였다.

크지 않은 키와 몸을 가지고 있었지만 눈빛은 날카로웠다.

조진석의 시선이 김성호에게 향했다.

김성호가 고개를 끄덕였다.

"모두 모였습니다."

그 말에 조진석의 시선이 모두를 둘러봤다.

"너희가 선택된 이유는 우리 회사에서 가장 입이 무거운 사람들이자 가장 충성심이 높은 사람들이기 때문이다. 이번 일은 아무에게도 들어가서는 안 되는 일이야. 철저하게 기밀로 움직여야 해. 자칫 밖으로 흘러나갔다가 너희들뿐만이 아니라 우리 조직까지 사라질 수 있어. 그만큼 책임감을 갖고 하도록 해라."

조진석의 말에 남자들이 고개를 숙였다. 이어서 굵은 목소리가 하나로 합쳐져 흘러나왔다.

"알겠습니다."

조진석은 모인 사내들의 얼굴을 다시 한 번 하나하나 확인했다.

방금 조진석이 했던 말처럼 이 자리에 있는 사람들은 많은 사람 중 고르고 고른 인물들이었다.

이들의 계획은 대통령의 아들을 다치게 하는 것이었다. 당연하지만 그만큼 조직 내에서도 신중을 기할 수밖에 없었다.

그래서 고른 인물들이 절대 배신하지 않을 일곱이었다.

하지만 조진석이 했던 충성심이 크다는 말은 듣기 좋으라는 뜻으로 한 것이다. 배신하지 않을 거라는 확신은 이곳에 모인 일곱 남자의 자식들이 모두 아팠기 때문이다.

장기간 병원에 입원하며 막대한 치료비가 요구되는 상황이었다. 조진석은 이들에게 이번 일이 잘 끝난다면 책임지고 병원비를 제공하기로 약속했다.

잠시 후, 일곱 명의 남자들이 떠나고 사무실에는 조진석과 김성호만이 남았다.

소파에 마주 보고 앉은 두 사람. 조진석이 말했다.

"이번 일은 회장님께서도 많은 걱정을 하고 계셔. 완벽하지 않으면 우리 조직이 사라질 수도 있으니까."

김성호의 입에서 가벼운 한숨이 내쉬어졌다.

그가 물었다.

"만약 그럴 일은 없겠지만 우리 애들이 잡혀서 회장님을 찌른다면 어떻게 되는 겁니까? 대통령이 제왕 그룹을 공격하게 되는 겁니까? 너무 위험한 일 아닙니까?"

조진석이 피식 웃었다.

"치밀한 분이니 그 정도야 준비해 두셨을 거야."

김성호가 한숨을 내쉬었다.

"'제왕 그룹과는 무관하다. 시위대에 참여한 깡패 집단에서 우발적인 일을 벌인 거다.'라는 내용의 기사가 나올까요?"

"아마도."

조진석이 고개를 끄덕였고 김성호는 다시 한숨을 내쉬었다.

김성호의 눈은 씁쓸해 보였다. 언제든 버림받을 존재라는 걸 알고 살아간다는 건 쉽지 않은 일이었다.

그 눈빛에 담긴 의미를 알고 있는지 조진석이 자리에서 일어나 김성호의 어깨를 두들겼다.

"스스로에게 큰 의미를 두지 마. 우리는 도마뱀의 꼬리 같은 존재야. 밥을 먹고사는 걸로 만족해. 생각을 하면 고통스러운 법이지. 주인이 부르면 달려가 꼬리를 흔드는 게 우리의 일이야. 그게 아래에 있는 부하들을 굶지 않게 하는 방법이고."

"……."

"이번 일이 성공해야 지금 나간 일곱 놈의 자식들이 마음 편히 병원에서 치료받게 될 거야. 그 생각만 해. 천호령 회장님이 아닌 우리의 아랫놈들을 위해 하는 일이야."

김성호가 고개를 숙였다.

"알겠습니다. 그럼 바로 준비하도록 하겠습니다."

조진석이 입가에 미소를 그렸다.

"시위대의 합류는 모레쯤이 될 거야. 작전 들어가는 동안 힘들 거니까 술이랑 밥을 잔뜩 먹여서 보내."

"알겠습니다."

김성호가 다시 한 번 고개를 숙였다.

조진석이 김성호의 어깨를 다시 툭툭 쳤다.

"집에 제수씨는 잘 있지?"

"네, 잘 있습니다."

"조카들은?"

그날 밤, 성남에 있는 남한산성으로 검은 차량이 올라가고 있었다.

남한산성 중턱에 있는 한정식집으로 향하는 거다.

기와가 멋들어지게 있는 한정식집이었다.

산 중턱에 있기에 숲으로 둘려 운치가 더 있어 보였다.

그곳에 차량이 멈춰 섰다.

내린 사람은 제왕 백화점 대표 천유성이었다.

그는 특유의 뱀눈으로 한정식집을 바라봤다.

그의 앞으로 누군가가 걸어왔다. 자갈을 밟는 소리가 자그락자그락하고 들려왔다.

천유성 대표의 앞에 선 것은 진규학 의원이었다.

진규학 의원이 말했다.

"분위기 어떻습니까?"

천유성 대표는 입가에 잔잔한 미소를 머금은 채 고개를 끄덕였다.

"좋네요. 아주 좋아요."

진규학 의원이 말을 이었다.

"이곳이 예전에 조태섭 의원이 국가 기관장들을 모아 두고 술을 마셨던 집입니다."

"조태섭 의원요?"

진규학 의원이 고개를 끄덕였다.

"산 중턱이고 각 방도 떨어져 있으니 보안도 아주 좋지요. 그래서 즐겨 찾은 모양입니다."

천유성 대표는 다시 주변을 둘러봤다. 조태섭이 즐겨 찾았던 곳이라 하니 다른 의미를 두게 되었다.

천유성 대표가 말했다.

"조태섭이는 세상을 손에 움켜쥐려 하다가 실패했습니다. 우리 아버지는 세상을 손에 쥐기엔 나이가 너무 많지요."

"……."

"이곳에 오니까 내가 한번 움켜쥐어야겠다는 생각이 듭니다."

진규학 의원이 슬쩍 미소를 지었다.

"충분히 가능하실 겁니다."

그렇게 말한 진규학 의원이 솟대 사이에 있는 큰 문을 가리키며 말을 이었다.

"들어가시죠. 기다리고 있을 겁니다."

천유성 대표와 진규학 의원은 조심스레 한정식집 안으로 들어갔다.

천유성 대표와 진규학 의원은 미닫이문을 열고 한정식집의 한 방으로 들어섰다.

두 사람이 들어가자 미리 와서 앉아 있던 한 남자가 서둘러 일어나 고개를 숙였다.

천유성 대표는 특유의 차가운 뱀눈으로 가만히 그를 내려다봤다. 그리고 말했다.

"고개 들어요. 얼굴이나 봅시다."

남자가 고개를 들며 말했다.

"김성호라고 합니다."

오늘 낮, 조진석과 함께 있던 김성호였다.

그가 천유성 대표를 향해 고개를 숙이고 있었다.

천유성 대표의 시선이 진규학 의원을 바라봤다.

진규학 의원이 고개를 끄덕이며 말했다.

"이 친구가 조진석 실장 조직의 2인자라 불리는 친구입니다."

얼마 전, 천유성 대표는 진규학 의원에게 2인자를 찾아 달라 부탁했었다. 그리고 진규학 의원은 김성호를 찾아 천유성 대표의 앞에 데려다 놓았다.

천유성 대표가 물끄러미 김성호를 바라봤다.

그러더니 활짝 웃으며 손을 저었다.

"앉읍시다. 이렇게 만났는데, 술이라도 한잔해야 하지 않겠어요?"

잠시 후, 세 사람은 술을 한 잔 두 잔 마시고 있었다.

하지만 아무도 취하지 않았다.

술이 들어가면 들어갈수록 정신은 또렷해지고 있었다.

그리고 천유성 대표는 처음 활짝 웃은 것과 달리 지금껏 한마디도 하지 않고 있었다.

그저 한 잔의 술을 목으로 넘길 때마다 김성호를 관찰하듯 바라볼 뿐이었다.

김성호는 좌불안석이었다.

앞에 앉아 있는 사람이 다름 아닌 천유성이었다.

대한민국 양대 재벌인 천하 그룹과 제왕 그룹.

그중 제왕 그룹의 유력한 후계자인 천유성이다.

함께 앉아 술을 마시고 있지만 사는 세계가 달랐다.

천유성 대표의 가벼운 한마디에 이승과 저승을 왔다 갔다 할 수도 있었다.

김성호의 입에서 긴장된 한숨만 자신도 모르게 흘러나왔다.

세 사람의 적막을 깬 것은 진규학 의원이었다.

진규학 의원이 천유성 대표에게 말했다.

"더 관찰하셔야 합니까? 이 정도면 충분하다고 보는데요."

천유성 대표가 고개를 끄덕였다.

"네, 괜찮습니다. 마음에 드네요."

천유성 대표는 앞에 있는 잔을 들어 술을 마셔서 빈 잔으로 만들었다. 그리고 그것을 김성호의 앞에 두었다.

진규학 의원이 천유성 대표에게 술병을 건넨다.

그러자 자연스럽게 술병을 건네받은 천유성 대표가 김성호의 앞에 있는 빈 잔에 술을 따랐다.

쪼르르 술 따르는 소리만 들려왔다.

멀뚱히 있던 김성호가 서둘러 양손으로 공손히 술잔을 받쳐 들었다.

술은 작은 잔을 채우고 넘쳐 테이블에 쏟아졌다.

하지만 천유성 대표는 아랑곳하지 않고 계속 술을 부어 내려갔다.

김성호 역시 술이 넘치고 있지만 잔을 피하지 않고 양손으로 공손히 술을 받고 있었다.

술병은 곧 비게 되었다.

천유성 대표가 빈 병을 테이블 한편에 놓으며 말했다.

"그 술을 들면 나와 한배를 타는 겁니다."

"……!"

"당신들이 지금 모시고 있는 내 아버지, 천호령 회장님이 아니라 나와 한배를 타는 겁니다."

"……!"

"나와 한배를 타는 의미를 잘 생각하기를 바랍니다. 그건 당신과 함께했던 조진석 실장과 떨어져야 할지도 모른다는 의미입니다."

"……!"

"난 제왕 그룹의 회장 자리에 앉을 겁니다. 하지만 방해하는 사람이 많아요. 내 아버지인 천호령 회장님은 물론이고 동생인 천하민 대표와 천시현, 지금은 감옥에 있는 형님까지. 모두가 방해하고 있어요. 그뿐만 아니라 김희우와 당신의 대장인 조진석도 방해자지요."

김성호는 긴장했는지 큰 숨을 들이 마셨다가 내쉬었다.

그런 김성호를 보며 천유성 대표가 슬쩍 웃으며 말을 이었다.

"당신은 그걸 돕는 겁니다, 내가 회장 자리에 오를 때까지. 그리고 오른 후 자리를 유지할 수 있도록 나 대신 손에 피를 묻힐 겁니다."

"……."

"일이 잘못되었을 경우 모든 걸 잃고 바다 어딘가에 던져질 가능성이 크지요."

김성호는 긴장된 침을 꿀꺽 삼켰다. 그의 눈동자는 둘 자리를 정하지 못하고 심하게 떨려 오고 있었다.

그와 달리 천유성 대표는 담담히 말을 이었다.

"하지만 성공했을 경우, 조진석이 지금 영위하고 있는 삶은 모두 당신이 영위하고 있을 겁니다."

"……!"

"돈, 권력 모두 다."

옆에 있던 진규학 의원이 술잔을 들며 빙긋이 미소를 그렸다. 그리고 천유성 대표의 말을 받아 말했다.

"돈과 권력뿐만이 아니에요. 조진석은 나를 무시할 정도로 큰 힘을 가지고 있어요. 김성호 씨, 내가 누군지 알고 있습니까?"

김성호가 고개를 끄덕였다.

알다마다. 모를 리가 없다.

제왕 그룹 임원 출신으로 정계에 진출하여 초선 의원임에도 불구하고 차기 대권 주자로 이름을 알리고 있는 진규학 의원이었다.

텔레비전만 켜면 진규학 의원의 얼굴이 나오는데 속된 말로 모르면 간첩이다.

진규학 의원이 말했다.

"다시 말하죠. 조진석은 나를 무시했던 사람입니다. 당신이 천유성 대표님을 따른다면 어지간한 국회의원은 무시할 정도의 권력을 손에 넣을 수도 있다는 겁니다."

김성호의 시선이 자신의 앞에 놓인 잔으로 향했다.

천유성이 따른 잔이었다.

그리고 잠시 고민하던 김성호는 눈에 힘을 준 채 잔을 바라봤다. 그의 귓가에 천유성 대표의 목소리가 들려왔다.

"뭘 고민합니까? 의리란 세상에 존재하지 않습니다."

천유성 대표가 가진 특유의 뱀눈은 김성호를 유혹하고 있었다.

잠시 후, 한정식집 앞.

김성호는 떠났고 천유성 대표와 진규학 의원만이 주차장에 마주 서 있었다.

천유성 대표가 눈살을 찌푸리며 말했다.

"믿기 힘든 이야기입니다."

진규학 의원이 고개를 끄덕였다.

"네, 믿기 힘듭니다."

두 사람은 잠시 아무 말도 없었다.

지금 김성호에게 들은 말은 충격적이었다.

대통령의 아들을 테러한다는 계획이라니, 아무리 천호령 회장이라 해도 현실과 동떨어진 이야기였다.

천유성 대표가 깊은 한숨을 내쉬며 말했다.

"지금 저놈이 말한 이야기가 진실인지 거짓인지 알 수 없지만 하나는 진실로 밝혀졌군요."

"……?"

진규학 의원이 멍하니 천유성 대표를 바라봤다.

천유성 대표가 슬쩍 웃으며 말을 이었다.

"조진석이 나를 속이고 있었다는 겁니다."

진규학 의원이 고개를 끄덕였다.

"네, 그놈은 애초에 천호령 회장님 곁을 떠날 수 없는 놈이었습니다."

천유성 대표의 뱀눈이 잔인하게 빛났다.

그가 나직이 말했다.

"내 편이 될 수 없다면 이용하다가 버려야지요. 모른 척 접근해서 아버지가 도대체 무슨 생각을 하고 있는지 물어봐야겠군요."

그 시각, 전통 찻집이었다.

그곳에 김석훈과 조진석이 마주 앉아 있었다.

김석훈이 찻잔을 들어 입에 대며 말했다.

"천호령 회장님께서 저를 잊은 줄 알았습니다."

조진석이 고개를 끄덕였다.

"죄송합니다. 최근 그룹 일이 바빠서 그런지 천호령 회장님께서 정신이 없으셨습니다. 그간 별일은 없으셨습니까?"

두 사람 사이에는 건조한 인사말이 오갈 뿐이었다.

김석훈이 가만히 조진석을 바라보다가 입을 열었다.

"본론을 말씀해 주시지요."

더 긴 이야기는 하고 싶지 않다는 뜻이다.

조진석이 고개를 끄덕였다.

"처음 우리와 손잡았던 이유를 기억하십니까?"

"……!"

"김희우를 견제해 주십시오."

김석훈의 입꼬리가 말려 올라갔다.

"지금 그게 무슨 말입니까? 제가 무슨 힘이 있다고 김희우를 견제할 수 있겠습니까? 제가 의원이기는 하지만 전 그저 당에 속해 존재감 없이 의원 임기를 보내고 있는 사람일 뿐입니다. 국민들은 저를 보고 거수기라고 부르고 있어요."

김석훈이 말한 거수기란 당의 결정이라면 어떤 비판도 없이 찬성 또는 반대를 하는 의원을 말했다.

김석훈을 향해 거수기라 부르는 국민은 없었지만 지금 그가 그렇게 말한 이유는 그만큼 힘이 없다는 뜻을 돌려 말한 것이었다.

조진석은 김석훈의 말을 들으며 가만히 고개를 끄덕였다.

김석훈이 계속 말했다.

"그런데 김희우는 어떻습니까? 무소속이지만 따르는 의원이 서른 명에 가까워요. 아마 정당을 만든다고 한다면 지금 당장이라도 제법 규모 있는 당의 크기를 갖출 수 있을 겁니다. 게다가 매번 언론에 이름을 올리며 지지도도 엄청납니다."

"……."

"제가 견제한다고 해서 견제받을 사람이 아닙니다."

김석훈의 말에 조진석이 피식 웃었다.

"겸손한 척하시는 겁니까, 아니면 다른 이유입니까?"

김석훈이 슬쩍 미소를 지었다.

"글쎄요."

조진석이 말했다.

"저희가 파악하기로 김석훈 의원님과 김희우는 간혹 만나는 것으로 알고 있습니다."

김석훈은 순순히 고개를 끄덕였다.

"네, 간혹 만나고 있습니다."

김석훈의 표정과 행동을 지켜보며 조진석이 계속 말했다.

"하지만 두 사람의 관계가 적인지 아군인지는 모호합니다."

김석훈이 피식 웃었다.

"세상에 적과 아군이 어디 있습니까? 필요하면 친구고, 걸림돌이면 적이지요."

조진석이 고개를 끄덕였다.

"그렇죠. 필요하면 친구고 걸림돌이 되면 적이지요. 그럼 다시 묻겠습니다. 천호령 회장님을 따르겠습니까, 아니면 김희우와 계속 친구 관계를 유지하겠습니까?"

김석훈이 입을 열려고 할 때, 조진석이 품에서 핸드폰을 꺼냈다. 그리고 사진 하나를 찾아 화면에 띄우더니 테이블 위에 놓았다.

김석훈의 시선이 조진석이 꺼낸 핸드폰의 화면으로 향했다.

화면엔 김석훈의 혼외 자식인 딸 김한미 그리고 그녀의 엄마가 있는 사진이 보였다.

김석훈의 얼굴은 순식간에 당혹감으로 물들었다.

평소 표정의 변화를 크게 보이지 않는 김석훈의 눈동자가 떨리기까지 했다.

그런 김석훈을 보며 조진석이 입을 열었다.

"기분 나쁘게 듣지 않았으면 합니다. 김석훈 의원님을 영입할 때, 속된 말로 발뒤꿈치에 있는 때까지 조사했습니다."

"……."

"모녀가 캐나다에 있더군요."

"……."

"아시겠지만 이 세상에서 제왕 그룹의 손아귀를 벗어날 수 있는 나라는 몇 곳 없습니다. 특히 돈이 귀한 줄 아는 나라라면 당연히 천호령 회장님의 손이 닿아 있습니다."

캐나다로 숨어 봤자 제왕 그룹의 손바닥 안이라는 말뜻이었다. 더 잔인하게 말한다면 언제든 비극을 만들어 낼 수 있다는 뜻과도 같았다.

김석훈의 표정은 여전히 좋지 않았다.

그와 반대로 조진석은 여유로웠다.

조진석이 잔을 들어 입을 적셨다. 그리고 말했다.

"솔직히 말하죠. 저는 김희우 의원과 좋은 관계를 맺을까 고민한 적이 있습니다. 매력을 느꼈으니까요. 하지만 김희우는 천호령 회장님을 적대하고 있습니다."

"……."

"천호령 회장님은 김희우나 김석훈 의원님이 생각하는 것보다 훨씬 무섭습니다. 오랜 세월 함께해 온 저는 알 수 있습니다. 아니, 확신할 수 있습니다. 김희우나 김석훈 의원님은 천호령 회장님을 이길 수 없습니다."

"……."

"그러니까 다른 생각 하지 마시고 김희우를 견제하세요."

김석훈의 입에서 대답이 나오지 않았다. 그의 입에선 한숨만이 흘러나왔다.

조진석이 그런 김석훈을 보며 고개를 저었다.

"자존심을 따질 때가 아닙니다. 지금 김석훈 의원님이 할 수 있는 일은 '알겠습니다. 김희우를 견제하겠습니다.'라는 대답뿐입니다."

"……."

"하세요, 어서."

김석훈의 입에서 다시 무거운 한숨이 흘렀다. 그리고 그가 말했다.

"알겠습니다. 김희우를 견제하지요."

조진석이 활짝 웃었다.

"잘 생각하셨습니다."

방금 조진석과 김석훈이 함께 앉아 있던 찻집이었다.

그 자리에 이제 조진석은 없었다.

김석훈만이 자리하고 있을 뿐이었다.

김석훈의 표정은 일그러져 있었다.

그의 주먹이 꽉 쥐여 있었다.

그의 시선은 조진석이 앉아 있던 자리를 노려보고 있었다.

김석훈이 낮은 목소리로 말했다.

"깡패 새끼가 나를 협박해?"

김석훈의 입꼬리가 말려 올라갔다.

김석훈이 어이없다는 듯 고개를 저었다. 그리고 다시 말했다.

"깡패 새끼가 한미의 사진을 가지고 있어?"

그의 일그러진 표정이 점점 무섭게 변해 가더니 '쾅!' 하고 그의 주먹이 테이블을 내리찍었다.

하지만 화가 풀리지 않는 모양이었다.

그는 몇 번을 더 테이블을 내리찍었다.

그곳엔 그의 거친 숨소리만 들려왔다.

김석훈이 웃기 시작했다.

"큭큭큭큭큭."

조진석이 저따위로 행동해도 가만히 보고 있는 자신이 웃긴 모양이었다.

한참을 미친 사람처럼 웃던 김석훈이 뚝, 미소를 지웠다.

그의 얼굴에 남은 것은 악귀와 같은 표정뿐이었다.

김석훈이 천천히 핸드폰을 들어 올렸다.

그가 전화를 거는 사람은 정필승 서울 중앙 지검장이었다.

한때 전 총장인 원성학 총장의 라인을 타고 차기 총장을 노리던 정필승 지검장. 하지만 원성학 총장이 비리로 잡혀 들어간 후 몸을 사리고 있었다.

벨이 잠시 울리는가 싶더니 바로 상대가 전화를 받았다.

-정필승입니다.

"당장 뛰어와."

-네, 알겠습니다.

그런 정필승 지검장은 김석훈의 한마디에 빠르게 대답했다.

그리고 잠시 후.

전화를 건 지 한 시간이 지나기도 전에 정필승 지검장은 김석훈의 앞에 앉아 있었다.

김석훈이 차가운 눈길로 정필승 지검장을 훑어봤다.

김석훈의 시선이 닿을 때마다 정필승 지검장은 소름이 끼치고 있었다.

한참 그를 바라보던 김석훈이 낮은 목소리로 말했다.

"요즘 어때?"

"똑같습니다. 잘 지내고 있습니다."

정필승 지검장은 대답하면서 힐끔 김석훈을 바라봤다.

그는 지금 김석훈의 눈치를 보고 있었다. 한때 장일현과 손을 잡고 김석훈과 반대되는 행동을 했으니 눈치가 보일 수밖에 없었다.

하지만 김석훈은 과거의 일은 신경도 쓰지 않는다는 듯 말했다.

"지금 전석규 총장이 제왕 그룹과 천하 그룹의 목을 잡고 흔들고 있는 건 알지?"

정필승 지검장이 고개를 끄덕였다.

"네, 알고 있습니다."

모르는 게 더 이상한 일이다.

정필승 지검장이 검사이기도 했지만 모든 언론에서 중요하게 알리고 있는 소식이었으니 가만히 있어도 귀에 들어오는 이야기였다.

김석훈이 말을 이었다.

"그럼 재벌에 대한 칼질이 끝난 다음은 어디일지 생각해본 적은 있나?"

"……."

"전석규의 성격을 알겠지만 그 사람은 영광스럽게 떠날 생각을 하지 않아. 처음부터 끝까지 비리와 싸우다가 쫓겨날 생각을 하고 있을 거야."

가만히 있으면 임기를 끝내고 웃으며 총장의 자리에서 내려올 수 있다.

하지만 전석규는 권력자고 뭐고 물어뜯는 성격이다.

그런 사람을 권력자들이 좋게 볼 리가 없었다.

언젠가는 권력자들의 힘에 눌려 쫓겨나고 말 거다.

그건 쉽게 예상할 수 있는 일이었다.

그래서 김석훈은 쫓겨난다는 표현을 쓰고 있었다.

어게인
마이라이프
SEASON2

김석훈이 계속 말했다.

"재벌에 대한 칼질이 끝나면 다음은 검찰일 거야. 정치 검사, 스폰 검사, 모든 부패한 검사에 대한 요리가 시작되겠지."

정필승 지검장은 침을 꿀꺽 삼켰다.

전대 총장인 원성학 총장이 비리로 잡혀 들어갔을 때, 정필승은 원성학 총장과 관련되어 있다는 혐의를 받았었다.

다행히 증거가 없어 넘어갔지만 검사들의 눈빛이 좋지 않은 건 당연했다. 전석규 총장이 정말 부패한 검찰을 두들기기 시작한다면 그 첫 번째 대상은 정필승 지검장이 될 확률이 높았다.

지위가 높으니 상징적인 의미도 있고 검사들의 신임도 받지 못하고 있으니 어렵지 않을 것이었다.

정필승 지검장이 한숨을 내쉬었다. 그건 그도 잘 알고 있었다.

잠시 괴로운 표정을 짓던 정필승 지검장이 고개를 들어 김석훈과 눈을 마주쳤다. 그리고 물었다.

"제가 어떻게 해야 합니까?"

"나쁜 놈을 잡으면 되죠."

들려온 것은 김석훈의 목소리가 아니었다.

정필승 지검장의 눈이 목소리가 들려온 곳을 향했다.

소리가 들려온 곳은 문이었다.

정필승 지검장이 닫혀 있는 미닫이문을 멍하니 바라봤다.

드르르륵 미닫이문이 열렸다.

그 앞에 희우가 서 있었다.

희우는 자리에 앉지 않고 가만히 선 채 정필승 지검장을 내려다보다가 나직한 목소리로 말했다.

"지검장님, 제가 한 달에 한 번씩 사건을 준다고 해 놓고 약속을 못 지켰네요. 이자까지 쳐서 큰 놈 하나 던져 드리고 싶은데 한번 잡아 보시겠습니까?"

정필승 지검장이 눈을 깜빡이며 물었다.

"큰 놈? 누구?"

"조진석이라고 있습니다."

"조진석?"

정필승 지검장은 조진석이라는 이름이 생소한지 몇 번을 읊조렸다.

희우가 앉으며 말했다.

"정필승 지검장님이 살 방법은 하나입니다. 더 큰 일을 만들어 살생부에 적힌 정필승 지검장님의 이름을 지우는 거죠."

"……."

정필승 지검장의 눈이 희우를 바라봤다.

"조진석이라는 자를 잡으면 내 이름을 지울 수 있나?"

희우가 슬쩍 웃으며 어깨를 으쓱해 보였다.

"조진석은 제왕 그룹 천호령 회장 대신 손에 피를 묻히는 사람입니다. 그 손에는 많은 사람들의 원혼이 담겨 있습니다."

희우의 말이 끝나자 김석훈이 고개를 끄덕이며 말을 이었다.

"혹시 아나, 망자들의 혼을 달래 주면 자네도 성불할 수

어게인
마이라이프
SEASON 2

있을지? 이 기회에 좋은 짓 해서 죄를 씻고 떳떳한 검사가 되어 봐."

이번엔 희우가 그의 말을 받았다.

"조진석을 잡으면 천호령 회장까지 엮을 수 있습니다. 천호령 회장을 엮는다는 게 어떤 의미인지 아시지요?"

"⋯⋯!"

"지금 전석규 총장님 체제의 검찰은 국민의 박수를 받고 있어요. 그 이유는 세상의 권력자 중 하나인 천하 그룹 김용준 회장을 구속했기 때문입니다."

"⋯⋯."

"그 박수, 정필승 지검장님도 받을 수 있습니다."

"⋯⋯!"

"조진석으로 시작해서 천호령 회장까지 잡으세요. 사람들은 천호령 회장이 절대 잡히지 않을 거라고 생각할 겁니다. 그런 사람을 정필승 지검장님이 잡는 겁니다."

정필승 지검장이 떨리는 목소리로 물었다.

"내, 내가?"

"검찰이 무서운 이유는 기소권입니다. 상대가 죄가 없어도, 어떤 이유로든 기소하는 순간 국민들은 유죄라고 생각합니다."

"⋯⋯!"

"정필승 지검장님이 천호령 회장의 죄를 증명할 필요는 없습니다. 상대는 천호령 회장입니다. 죄를 증명하지 못해 풀려나가더라도 국민들은 믿지 않을 겁니다. 천호령 회장이 돈의 힘으로 나왔다고 생각하겠지요."

정필승 지검장의 눈동자는 떨리고 있었다.

희우가 계속 말했다.

"물론 처음부터 천호령 회장님을 공격할 수는 없습니다. 우선은 조진석을 잡아야 하지요."

말을 마친 희우가 빙긋이 미소 지었다. 정필승 지검장은 멍한 눈으로 그런 희우를 보고 있을 뿐이었다.

정필승이 자리를 떠났다.

이제 그 자리엔 김석훈과 희우만이 남아 있었다.

김석훈이 말했다.

"정필승이 천호령 회장을 잡을 수 있다고 생각하나?"

희우가 피식 웃었다.

"설마요."

희우는 가능성이 없다고 판단하고 있었다.

희우가 말을 이었다.

"정필승 지검장은 조진석과 천호령 회장에게 혼선을 주는 역할로 충분합니다."

김석훈이 고개를 끄덕였다.

"좋아. 그럼 다음 이야기로 넘어가지. 조진석에 관해 어디까지 조사했지?"

"……?"

희우가 눈을 동그랗게 뜨고 보자 김석훈이 슬쩍 웃으며 고개를 저었다.

"모른 척하지 마. 윤수련 검사를 통해 조진석의 뒤를 캐고 있다는 사실은 이미 알고 있었어."

희우가 피식 웃었다. 속이려고 했지만 이미 모든 걸 알고 있다는 태도에서 더 숨길 수는 없었다.

희우가 입을 열었다.

"글쎄요. 저도 최근에 윤수련 검사와 만나지를 못해 어디까지 일이 진행되었는지 알 수 없습니다. 조만간에 만나 이야기를 듣고 말씀드리겠습니다."

김석훈은 고개를 끄덕이며 찻잔을 손에 들었다.

희우가 물끄러미 김석훈을 바라봤다.

"하나 물어봐도 됩니까?"

"미안하지만 대답하지 않을 거야."

"그래도 궁금한 건 어쩔 수 없네요. 조진석과 무슨 일이 있었던 겁니까?"

김석훈은 대답하지 않았다. 그저 슬쩍 미소를 짓고 있을 뿐이었다. 그의 미소는 씁쓸했다.

김석훈이 입술에 댔던 찻잔을 테이블에 내려 두며 입을 열었다.

"난 자네를 보고 있으면 머릿속이 복잡해져."

"……?"

"내 인생을 망쳐 버린 김희우, 내 인생을 돌려준 김희우. 어떤 게 자네일까?"

희우가 고개를 저었다.

"무슨 이야기를 하는 건지 모르겠습니다."

"몰라도 돼. 어차피 내가 결정할 일이니까."

두 사람은 잠시 말없이 서로를 바라봤다.

다음 날, 제왕 백화점 대표이사실.

천유성 대표의 앞에 조진석이 앉아 있었다.

천유성 대표는 조진석을 가만히 바라봤다.

어젯밤, 천유성 대표는 조진석의 조직 2인자인 김성호를 만났다. 그리고 조진석이 대통령 아들을 목표로 테러를 계획하고 있다는 이야기를 들었다.

하지만 김성호에게 들은 이야기다.

조진석에게는 그 이야기를 듣지 못했다.

모든 것을 이야기하겠다고 선언했던 조진석은 그 이야기에 대해서만큼은 입을 열지 않고 있었다.

천유성 대표는 턱을 괸 채 특유의 뱀눈으로 조진석을 바라봤다. 그 눈빛에 의구심을 느낀 조진석이 입을 열었다.

"무슨 일 있으십니까?"

천유성 대표가 고개를 저었다. 그리고 자세를 바로 앉으며 물었다.

"아니요. 아닙니다. 요즘 아버지는 어때요? 장일현이 잡히고 천하민의 집이 압수 수색을 당한 이후에 다른 이야기가 없지 않습니까? 아버지가 가만히 있을 분은 아닌 것 같은데요."

조진석이 입을 열었다.

"가만히 계십니다."

천유성 대표의 입꼬리가 말려 올라갔다.

"가만히 있다고요?"

조진석이 고개를 끄덕였다.

"네, 가만히 계십니다. 예전에 조태섭이 있던 시절도 비슷했습니다. 회장님은 바람이 부는 때엔 움직이지 않으십니다."

천유성 대표는 조진석의 눈을 가만히 바라봤다.

"지금이 바람이 부는 때라는 겁니까?"

"네, 바람이 불고 있습니다."

천유성 대표가 피식 웃었다.

"알겠습니다. 그런가 보죠."

조진석은 끝까지 천유성 대표에게 천호령 회장이 시위대를 통해 어떤 행동을 할지 이야기하지 않았다.

천유성 대표는 차가운 시선으로 조진석을 바라보고 있었다.
'벌레 같은 놈이 감히 나를 배신하려고 해?'

며칠 후, 천호령 회장의 서재.
천호령 회장은 조진석과 마주 앉아 있었다.
천호령 회장이 물었다.
"시위대에 사람은 집어넣었나?"
조진석이 고개를 끄덕였다.
"네, 여덟 명을 넣었습니다. 통솔하는 자는 김성호라고 제
바로 아래 있는 사람입니다. 상황 판단이 빠르고 재치가 있
어서 안의 일을 잘 해결할 겁니다."
천호령 회장이 슬쩍 미소 지으며 말했다.
"그쪽은 자네가 알아서 잘했겠지, 그럼 지금부터 진규학
이에게 이야기해서 슬슬 시위대에게 과격한 움직임을 보이
라고 해."
"네, 알겠습니다."
"그리고 자네는 그 명령을 끝으로 한동안 시위대와 얽히지
마. 거리를 두고 있어. 시위대와 자네가 엮여 있다는 게 알려
지면 안 될 일이야."
조진석이 다시 고개를 숙였다.

"알겠습니다. 거리를 두겠습니다."

조진석의 대답을 듣는 천호령 회장의 입가에 즐거운 미소가 걸렸다.

지금 시위대는 모두 진규학이 찾아 만든 시위대다.

그들은 전문 시위꾼들로 과격하고 거칠었다.

그들 사이에 조진석의 부하 여덟 명이 투입되었다.

가뜩이나 과격하고 거친 시위꾼들 사이에 폭력과 살인의 프로들이 들어간 거다.

이제 방아쇠만 당기면 된다.

천호령 회장이 미소를 짓고 있을 때, 조진석이 입을 열었다.

"회장님, 외람된 말씀이지만 대통령의 아들을 움직이는 건 회장님이 하겠다고 하셨습니다."

천호령 회장이 고개를 끄덕였다.

"그랬지."

"기일을 알 수 있을까요? 시간을 알고 있다면 제 아랫놈들이 움직이기가 더 편할 것 같습니다. 아무래도 중대한 일이다 보니 진행 일정이 궁금합니다."

천호령 회장이 피식 웃었다. 그리고 책상 서랍에서 사진 한 장을 꺼내 조진석에게 건넸다.

"이 노인네가 하는 일이 염려스럽다면 자네가 움직이게. 딸아이를 통해서 준비는 해 뒀으니 자네가 가서 이야기만 전하면 될 거야."

조진석은 책상 위에 놓인 사진으로 시선을 향했다.

스무 살 또는 스물한 살쯤 되어 보이는 어린 여자의 사진이었다. 하지만 이 사진이 무엇을 의미하는지 알 수 없었다.

천호령 회장이 말했다.

"술집 여자야. 대통령의 아들과는 각별한 사이지."

"……!"

"남자가 바보 같은 이유를 알고 있나? 누군가는 새끼 가진 짐승보다 더 무모한 게 여자 끼고 술 먹다 취한 사내놈이라고 하지. 주제 파악도 못하고 여자 앞에선 자기가 센 줄 알거든."

"……."

"자네가 움직여 보겠나?"

조진석이 고개를 끄덕였다.

"네, 제가 하겠습니다."

모든 상황이 유기적으로 돌아가게 하기 위해서는 조진석이 모든 걸 통제하는 편이 더 나았다.

천호령 회장도 그걸 알기에 허락했다.

어차피 그 여자에 대한 것은 이미 다 준비해 뒀으니 이제 조진석이 넘겨받는다 해도 상관없었다.

천호령 회장이 말했다.

"그래, 자네가 알아서 해. 사진 뒤에 그 여자의 연락처가 있으니 확인해 보도록."

조진석이 천호령 회장을 향해 깊게 고개를 숙였다.

어게인
마이라이프
SEASON2

"알겠습니다."

조진석이 다시 고개를 들며 천호령 회장에게 말했다.

"그리고 지난번에 지시하신 대로 김희우를 만났습니다."

"그래, 어떻게 되었나?"

"한상제 변호사라고 기억하십니까?"

"한상제?"

천호령 회장의 눈살이 찌푸려졌다.

그는 잠시 무엇인가를 생각하더니 고개를 끄덕였다.

"알아. 기억나. USB를 노리고 있었던 놈 맞지?"

"맞습니다."

"그래. 그런데 그놈은 왜?"

"김희우가 한상제 변호사의 죽음에 관한 진실을 알고 싶다는 요구를 했습니다."

천호령 회장의 주름진 눈이 찌푸려졌다. 그리고 잠시 무엇인가 생각하더니 입을 열었다.

"흐릿하게, 녀석이 냄새를 맡아도 쫓아올 수 없을 정도만 흘리도록 해. 그리고 김희우의 신임을 얻어."

"알겠습니다."

그 시각.

희우는 사무실에서 윤수련 검사와 마주 앉아 있었다.

희우가 물었다.

"조진석에 대한 혐의를 입증할 만한 것을 찾았습니까?"

윤수련 검사가 고개를 저었다.

"아뇨, 아직요."

그녀는 작게 한숨을 내쉬며 가방에서 USB 하나를 꺼내 테이블 위에 놓았다. 그리고 말했다.

"김희우 의원님을 만날 때마다 계속 변명처럼 이야기하네요. 놈들은 워낙 작은 점조직들로 구성되어 있어요. 조진석은 언제든 도망갈 수 있는 준비가 되어 있습니다. 쉽게 칠 수는 없어요."

"……."

"하지만 진전이 없는 건 아니에요. 조진석을 못 잡는다는 거지, 다른 사람을 못 잡는다는 말은 아니거든요. 지금 조사한 것으로 조직의 2인자인 김성호라는 사람까지는 잡을 수 있습니다."

"김성호?"

"네."

윤수련 검사가 계속 설명하려 할 때, 희우의 핸드폰이 울렸다.

발신 번호를 확인하자 조진석이었다.

희우가 검지로 입을 가리며 윤수련 검사에게 잠시 조용할 것을 부탁한 후 통화 버튼을 눌렀다.

"네, 김희우입니다."

희우의 목소리는 정다웠다.

-조진석입니다.

조진석의 목소리 역시 정겨웠다.

두 사람은 서로를 속이고 있었다.

희우가 입을 열었다.

"무슨 일이죠?"

-지난번에 말씀하신 한상제 변호사 살인 사건에 대해 드릴 말씀이 있습니다.

희우는 조진석의 말에 곧바로 스피커폰 버튼과 녹음 버튼을 눌렀다.

앞에 있는 윤수련 검사도 들을 수 있도록 하는 것이다.

희우가 말했다.

"한상제 변호사 사건의 진실에 대해 할 말이 있다고요?"

-네, 부하들을 통해 알아봤습니다. 우리 쪽이 죽인 것은 아닌 것 같습니다.

"……!"

-다만 의심이 가는 쪽은 있습니다. 만나서 말씀드리고 싶습니다.

희우가 작게 한숨을 내쉬었다.

"알겠습니다. 그럼 연락 주십시오."

희우는 조진석과의 전화를 끊었다.

윤수련이 눈을 깜빡였다.

"조진석인가요?"

희우가 고개를 끄덕였다.

"네, 이놈이 거짓말을 하고 있네요."

"거짓말요?"

희우의 눈이 잠시 과거를 떠올렸다.

얼마 전, 김지임 비서의 집이 습격당했었다. 그 일로 인해 김지임 비서가 오피스텔로 이사 오게 되었으니 그리 오래된 일은 아니다. 그때 희우는 김지임 비서의 집에 들어서 있던 조진석의 부하인 붉은 모자를 잡았었다.

희우가 붉은 모자에게 물었다.

"조진석이 네 뒤에 있는 건가?"

붉은 모자가 대답했다.

"조진석이 누군지 모릅니다."

그리고 희우는 또 물었었다.

"한상제 변호사를 죽인 건 너흰가?"

붉은 모자는 고개를 끄덕였다.

그런데 오늘 조진석은 한상제 변호사에 대해 자신들이 죽이지 않았다고 말했다.

희우는 그때의 일을 기억해 내며 윤수련 검사에게 말했다.

"아까 누구라고 했죠?"

"네? 누구요?"

"조진석 조직의 2인자 이름이 뭐라고 했죠?"

"김성호요."

희우는 미간을 찌푸린 채 생각에 빠졌다.

'김성호, 김성호.'

몇 번을 불러 봤지만 희우의 기억 속에는 없는 이름이다.

희우는 시선을 윤수련에게 향했다. 그리고 슬쩍 웃으며 말했다.

"교도소에 한번 다녀와야겠네요."

붉은 모자를 다시 한 번 만나 봐야 했다. 그리고 그 외에도 교도소에 들를 일이 있었다.

그날 밤.

천호령 회장은 오명성 대통령과 전화하고 있었다.

천호령 회장이 말했다.

"막내 아드님에 대한 일을 스치듯 들었습니다. 그래서 걱정이 돼서 전화드렸습니다."

–막내아들요?

아들에 관한 이야기가 나오자 오명성 대통령의 목소리는 심기가 불편해졌다.

당연했다.

막내아들은 오명성 대통령에게 숨기고 싶은 존재이기 때문이다.

천호령 회장이 능글맞게 미소 지으며 말했다.

"시위대의 규모가 제법 커졌습니다. 이제 제가 심어 뒀던 시위대는 일부일 뿐이고 대부분은 자발적으로 나선 단체들입니다."

―그거랑 막내아들이랑 무슨 상관입니까?

"최근에 막내 아드님이 방탕한 생활을 하고 있다는 게 알려지는 모양입니다. 그런 게 시위대의 눈에는 좋지 않게 보이겠지요. 아시지 않습니까? 그놈들이 정의라고 내세우는 걸 지키자면 신선이 되지 않고서는 어렵습니다."

―……!

"그래서 당분간은 조심하시는 게 좋다고 말씀드리기 위해 전화드렸습니다. 제가 투입한 시위대를 통해 분위기를 잡고 있기는 하지만 이미 분노가 쌓인 상황이라 어렵네요. 아드님이 유흥가에 자주 나타난다고 들었는데, 자칫 시위대와 마주치기라도 하면 무슨 일이라도 생길까 걱정됩니다."

수화기 너머에서 잠시 아무 말도 들리지 않았다.

천호령 회장은 아랑곳하지 않고 말했다.

"분위기가 많이 좋지 않습니다. 자칫 무슨 일이 생길 수도 있습니다. 그 전에 경찰들을 움직여서 시위대를 진압하는 방법도 있습니다."

천호령 회장이 오명성 대통령을 살짝 떠봤다. 하지만 오명성 대통령의 입에서 진압한다는 말은 나오지 않았다.

－주의시키도록 하겠습니다.

오명성 대통령은 지금 세상의 여론에 관해 부담을 느끼고 있었다. 낮아지는 지지율을 신경 쓸 수밖에 없었다.

전화를 끊은 천호령 회장의 입가엔 미소가 가득했다.

천호령 회장이 낮은 목소리로 말했다.

"당신이 미적지근하게 행동하니까 아들이 다치는 거야."

그 시각.

김석훈은 천시현과 마주 앉아 있었다.

천시현은 몸을 가누지 못할 정도로 술을 마셨는지 이미 테이블에 반은 엎어졌다. 하지만 손에는 술잔을 쥐고 있었다.

그녀가 김석훈을 보며 말했다.

"그거 알아요?"

김석훈의 시선이 가만히 천시현을 바라봤다.

하지만 천시현은 김석훈과 눈을 마주치지 않았다.

고개를 돌려 힐끔 뒤에 있는 테이블을 볼 뿐이었다.

김석훈의 시선이 천시현의 눈동자를 따라갔다.

천시현이 말했다.

"저 자리에 있던 청년, 조금 있으면 다칠 거예요."

오늘 그 자리는 김석훈이 술집에 온 이후부터 쭉 비어 있었다. 하지만 김석훈은 천시현이 누구를 지칭하고 있는지 알고 있었다.

천시현이 바라보는 자리는 대통령의 아들이 즐겨 앉는 자리였다.

김석훈의 눈이 찌푸려졌다.

'대통령의 아들이 다친다고?'

그걸 천시현은 어떻게 알고 있을까?

김석훈의 시선은 다시 천시현에게 향했다.

시선을 느꼈는지 천시현이 입을 열었다.

"천하민이 잡히고, 아버지가 내게 말했어요. 어떤 여자를 만나라고 하더군요. 퇴폐적인 여자였어요. 술집 여자. 몸 파는 여자. 더러운 여자."

천시현은 자신의 붉은 입술에 담배를 물렸다.

그리고 회색 연기가 뿜어져 나올 때 계속 말했다.

"남자들이 왜 술집 여자를 찾는 줄 알아요? 그 애들이 예뻐서?"

천시현이 고개를 저었다. 그리고 말을 이었다.

"단지 얼굴만 예쁘다면 남자들은 그 여자들을 찾지 않을 거예요."

"……?"

"붉은 입술, 눈의 화장, 긴 속눈썹, 볼 터치, 달라붙어 몸 매가 드러나는 옷과 화려한 매니큐어 그리고 자극적인 향수 까지. 모두 남자에게 잘 보이기 위해 노력을 쏟고 있어요."

"……."

"그런 노력의 결과, 남자가 어느 수준에서 예쁘다고 말하 는지, 어떤 표정을 지었을 때 사랑에 빠지는지 알고 있어요."

"……."

"그리고 그 여자들은 남자의 말에 귀를 기울여 줘요. 힘든 하루를 살았을 남자들에게 안식처가 되어 주죠. 술을 따라 주고 웃어 줘요. 헤프게, 싸게. 하지만 그 남자만을 위한 웃 음을 주죠."

김석훈이 고개를 저었다.

"무슨 말을 하려고 하는 거지?"

"그런 세계에서 닳고 닳은 술집 여자가 대통령의 아들을 손에 넣었네요."

"……!"

"대통령의 아들은 얼마나 힘든 하루를 살고 있기에 술집 여자를 찾아가 마음의 안식을 얻고 있을까요?"

김석훈이 술잔을 들어 입에 댔다. 그리고 천시현을 보며 물었다.

"혹시 그 술집 여자를 이용해서 대통령의 아들을 유인할 건가, 린치를 가할 장소로?"

천시현이 고개를 끄덕였다.

"비슷해요."

김석훈의 입에서 한숨이 흘렀다.

그의 눈이 가만히 천시현을 바라봤다.

하지만 천시현은 김석훈의 시선을 모른 척 피하며 다시 술잔을 들어 입에 댔다. 그리고 말했다.

"우리 아버지, 정말 시간이 없나 봐요. 이런 무모한 행동을 하실 분은 아니잖아요? 살아 있을 때 도대체 어떤 세상을 보고 싶길래 이렇게 서두르고 있을까요?"

새벽 2시가 훌쩍 넘은 시간이다.

천시현은 테이블에 쓰러져 있었다.

김석훈이 자리에서 일어나 바텐더에게 카드를 건넸다.

천시현이 술을 먹고 쓰러지는 건 김석훈에게 익숙한 일이었다.

카드를 긁고 다가온 바텐더가 말했다.

"대리를 불렀습니다."

"고맙군."

바텐더에게도 익숙한 일이었다.

잠시 후, 김석훈은 천시현의 집에 도착했다.

천호령 회장의 집이 아니었다.

천시현의 신혼집이다.

만취가 된 천시현을 끌고 천호령 회장의 자택으로 갈 수는 없는 일이었다.

천시현은 김석훈의 어깨에 팔을 두른 채 축 늘어져 있었다.

두 사람은 엘리베이터를 타고 위로 올랐다.

한참을 올라간 후 엘리베이터가 멈춰 섰다.

김석훈은 엘리베이터에서 내려 현관문의 비밀번호를 눌렀다.

역시 익숙한 행동이다.

김석훈은 천시현을 거실에 있는 소파에 누이고 정수기가 있는 곳으로 걸어갔다.

아무리 여자라 해도 술 취한 사람을 끌고 오는 것은 쉬운 일이 아니었다.

김석훈은 컵에 물을 따라 마신 후 작게 한숨을 내쉬었다.

그때 천시현의 핸드폰 벨이 울리는 소리가 요란하게 울렸다.

하지만 천시현은 술에 취했는지 전화를 받을 생각을 하지 않았다. 전화벨만 시끄럽게 울릴 뿐이었다.

김석훈이 다가가 천시현의 핸드폰을 찾아 손에 들었다. 벨소리를 끄기 위해서였다.

그런데 발신 번호가 조진석이다.

김석훈은 눈살을 찌푸린 채 핸드폰을 바라봤다.

전화는 잠시 이어지다가 끊겼다.

그리고 바로 메시지가 떠올랐다.

－조진석 : 김석훈과 같이 있는 모양이군요. 다시 연락드리겠습니다.

김석훈의 미간이 일그러졌다.

이 메시지가 무엇을 의미하는지 알 수 없었다.

하지만 뭔가 김석훈의 뒤에서 일이 일어나고 있다는 건 알수 있었다.

김석훈의 눈이 술에 취해 소파에 누워 자는 천시현을 내려다봤다.

김석훈의 입가에 비릿한 미소가 걸렸다.

'나를 저울질하고 있었나?'

가능성은 컸다.

얼마 전, 천시현은 USB를 훔쳐 나오다가 천호령 회장에게 걸렸다.

천시현이 김희우의 이름을 말했다고 하지만 천호령 회장

이 김석훈을 의심할 것은 당연한 일이었다.

김희우의 주변에서 USB의 존재를 알고 있는 것은 김석훈밖에 없기 때문이다.

김석훈의 눈이 차갑게 내려앉았다.

'천호령 회장의 지시로 조진석과 손을 잡고 나를 엮으려 하고 있나?'

생각을 이어 가던 김석훈의 눈에 순간적으로 분노가 차올랐다.

조진석이 김석훈을 협박할 때 내밀었던 카드가 한미였다.

그런데 한미에 대한 일은 천시현이 알고 있었다.

장일현이 한미를 이용해 김석훈을 공격하려 했을 때도 그걸 알려 준 사람이 천시현이었다.

김석훈의 이맛살이 일그러졌다.

조진석이 어떻게 한미의 행방까지 알고 있었나 했더니 그 뒤에 천시현이 있었다.

김석훈은 낮게 숨을 내쉬었다.

화를 참아야 했다.

아직까지는 추측이다.

확정이 아니다.

그는 천천히 천시현의 핸드폰을 들어 올렸다.

조진석과 나눈 메시지를 확인하기 위해서였다.

그리고 김석훈의 입이 꽉 다물렸다. 그의 모습은 악귀와 같았다. 아니, 악마였다.

천시현이 조진석에게 보낸 메시지에 있는 사진을 봤기 때문이다.

그것은 조진석이 김석훈을 협박했던 한미와 그녀의 엄마가 함께 있는 사진이었다.

김석훈은 다시 소파에서 자고 있는 천시현을 내려다봤다.

그의 두 손이 천천히 천시현의 목으로 향했다.

'죽인다.'

김석훈의 눈은 시뻘겋게 충혈되어 있었다.

'죽여 버린다.'

그리고 이제 조금만 더 손을 뻗으면 천시현의 얇은 목이 김석훈의 손아귀에 들어온다.

얇은 목은 조금만 힘을 줘도 부러져 즉사하고 말 것이다.

하지만 김석훈의 손은 천시현의 목 앞에서 멈췄다.

'이대로 죽여 봤자 지옥을 볼 수 없어.'

이 세상이 지옥이다.

지금껏 천국에 살던 천시현에게 지옥이 무엇인지 가르쳐 주고 싶었다.

김석훈은 손을 거뒀다.

그리고 몸을 돌려 천시현의 집을 벗어났다.

어게인
마이라이프
SEASON2

Chapter 3

  며칠이 지났다.

  희우는 교도소 접견실에 있었다. 맞은편에 앉아 있는 사람
은 죄수복을 입고 희우를 노려보고 있다.

  그는 검은 양복의 수하였던 남자로, 이름은 오대성이었다.

  희우는 오대성의 싸늘한 눈빛을 피하지 않았다.

  오히려 정면으로 마주하고 있었다.

  두 사람 사이엔 무거운 공기만 채우고 있을 뿐이다.

  잠시 후, 먼저 입을 연 것은 오대성이었다.

  "어떻게 왔습니까?"

  "다음 달이 출소라고 들었습니다."

  "그래서요?"

"도움을 받고 싶습니다."

오대성의 입꼬리가 한껏 비웃음을 담고 말려 올라갔다.

"나한테 도움을 받고 싶다고요? 김희우 의원이?"

희우는 고개를 끄덕였다.

오대성은 어이없다는 표정으로 고개를 저었다. 그리고 입을 꽉 다물며 희우를 노려봤다.

차가운 반응은 당연한 일이었다.

오대성의 입장에서 희우는 적이다.

그들을 잡아 감옥에 집어넣고, 그들의 주인이었던 조태섭을 끌어내렸다.

그러니 오대성에게 희우라는 이름이 달가울 리 없었다.

하지만 희우는 오대성의 싸늘한 눈빛과 머금어진 비웃음을 상관하지 않고 말했다.

"그쪽의 대장을 제외하고 다른 동료들과는 출소 시기가 비슷하다고 들었습니다. 모두 모아 줬으면 합니다."

오대성이 한숨을 내쉬었다. 그리고 천천히 고개를 저었다. 그의 입에 걸린 비웃음은 더욱 짙어져 있었다.

"재밌네요. 아주 재밌어요. 맞습니다. 다음 달이 출소입니다. 정확히 말하면 며칠 남지 않았네요. 그리고 다른 동료들도 비슷한 시기에 출소합니다."

"……."

"김희우 의원님이 어떤 일을 도와 달라 하는진 모르겠습니다. 하지만 분명한 것은 우리 중 누구도 김희우 의원님을 돕지 않을 거라는 겁니다."

"……."

"이렇게 만났으니 인사나 드리고 저는 가겠습니다."

오대성의 눈동자가 희우를 쏘아봤다.

그리고 지금보다 더 차갑고 살기로 가득한 목소리가 흘러나왔다.

"몸조심하십시오. 우리 애들이 많이 거친 편이라 밤길이고 낮 길이고 신경 써서 걸어 다녀야 할 겁니다."

싸늘한 눈빛과 살기 넘치는 목소리였지만 희우는 엷은 미소를 지우지 않았다.

희우가 자리에서 일어나 오대성의 옆으로 걸어갔다.

그리고 툭툭, 오대성의 어깨를 토닥이며 말했다.

"제가 병원을 찾아온 것도 아니고 몸 걱정해 주실 필요는 없습니다."

오대성의 어깨를 토닥이던 희우의 손이 멎었다. 그리고 어깨를 꽈악 쥐었다.

순간적으로 느껴진 통증에 오대성이 고개를 돌려 희우에게 시선을 향했다.

희우는 입가에 잔잔한 미소를 그리고 있었다.

하지만 희우의 입에서 흘러나온 목소리는 미소와 달랐다.

차갑다 못해 냉기가 뚝뚝 떨어지고 있었다.

"되지도 않는 협박은 하지 마세요. 협박이란 그렇게 하는 게 아닙니다."

오대성의 눈동자는 떨려 왔다.

희우가 계속 말했다.

"나는 오대성 씨가 교도소를 벗어나는 순간 다시 잡아다가 검찰에 보낼 수 있습니다. 죄가 없다고요? 그런 소리 하지 마세요. 죄가 없어도 얼마든지 잡아갈 수 있다는 거 모르나요? 잡아서 캐다 보면 뭔가 나올 테니 상관은 없지요."

"……!"

"그렇게 평생 감옥을 들락날락하다가 늙어 죽어 가고 싶습니까?"

오대성은 희우의 눈빛을 피해 고개를 숙였다.

그의 어깨를 꽉 쥐고 있던 희우가 다시 토닥이기 시작했다. 그리고 말했다.

"협박은 이렇게 하는 겁니다."

"……."

희우의 손이 오대성의 어깨에서 떼어졌다.

희우가 다시 자신의 자리로 걸어갔다. 그리고 의자를 빼내기 위해 의자 위에 손을 올린 후 말했다.

"제가 찾아온 이유는 오대성 씨의 출소 이후의 일 때문입니다. 당신들의 먹고사는 문제, 그리고 제가 지금 처한 상황이 공교롭게 맞아떨어졌습니다."

"……."

"당신들의 대장과는 이야기가 끝났습니다."

"뭐, 뭐라고요?"

대장과 이야기가 끝났다는 말에 지금까지 가만히 있던 오대성이 말까지 더듬었다.

희우가 의자에 앉으며 고개를 끄덕였다.

"네, 당신들의 대장요. 못 믿겠으면 출소 날 면회라도 다녀오세요."

"그러니까 김희우 의원님과 함께 일하는 걸 허락했다는 겁니까?"

희우는 대답 대신 품에서 명함을 꺼내 테이블에 내려 뒀다. 그리고 오대성의 앞으로 쭉 밀었다.

"출소하면 연락하세요."

오대성은 물끄러미 명함을 바라보고 있을 뿐이었다.

❧

희우는 교도소에서 나오며 핸드폰을 들어 윤수련 검사에게 전화를 걸었다.

"끝났습니까?"

-네, 나와 있어요.

희우는 교도소 밖으로 나갔다.

주차장에는 윤수련 검사가 차 앞에 서 있었다.

그녀는 조진석의 수하 중 하나였던 붉은 모자를 만나고 나왔다.

희우가 그녀 앞으로 다가가 서며 물었다.

"여전히 조진석이라는 이름은 모른답니까?"

붉은 모자는 희우에게 조진석은 모른다고 말했었다.

점조직이기에 가장 윗선의 이름을 모르는 건 어쩌면 당연한 일이었다.

희우는 가만히 윤수련 검사의 말을 기다렸다.

윤수련 검사가 고개를 끄덕였다.

"네, 조진석이 누군지는 정말 모른답니다."

"그럼 김성호는요?"

김성호는 조진석 조직의 2인자다.

윤수련 검사가 고개를 끄덕였다. 그리고 품에서 김성호의 사진을 꺼내 보이며 말했다.

"이름은 모르는데 사진을 보더니 아는 사람이라고 했어요."

"……!"

"한상제 변호사를 죽이라고 지시한 사람이 김성호인 모양이에요. 팩트는 아닙니다. 그냥 그럴 것 같다는 뉘앙스를 느꼈어요."

희우의 주먹이 꽉 쥐였다.

뉘앙스라도 좋았다.

드디어 실마리가 보이기 시작했다.

희우의 입가에 잔인한 미소가 걸렸다. 그가 입을 열었다.

"그럼 김성호를 잡고 한상제 변호사의 죽음까지 끌어 올려 조진석을 잡을 수 있겠네요."

윤수련이 살짝 미소 지으며 고개를 끄덕였다.

"네, 일단 김성호부터 잡아야지요."

"소스는 있나요?"

"해외 성매매를 알선하고 있어요. 바지 사장을 두고 있는데 그쪽을 확인하면 뭔가 나올 것 같아요."

희우가 가볍게 한숨을 내쉬었다.

"조심하세요. 진실에 다다를수록 위험도 커지니까요."

천호령 회장은 자택의 서재에 앉아 서류를 보고 있었다.

똑똑똑, 문을 두들기는 소리가 들려왔다.

천호령 회장이 고개를 들어 입을 열었다.

"들어와."

문이 열리고 조진석이 들어왔다.

천호령 회장의 앞으로 다가온 조진석이 허리를 굽혔다.

"부르셨습니까?"

천호령 회장의 시선은 다시 책상으로 향했다. 그가 서류

한 장을 넘기며 입을 열었다.

"여자는 만나 봤나?"

대통령 아들과 연결된 술집 여자를 말하는 거다.

"네, 만났습니다. 계획에 차질은 없을 겁니다."

"계획이란 완벽하다 해도 어긋나는 게 계획이야. 그 여자한테 만날 때마다 돈 좀 쥐여 주고 그래. 약속한 돈 말고 또 따로 챙겨 주면 더 열심히 할 거야. 돈에 길들여진 애들은 그렇게 다뤄야 해."

조진석이 고개를 숙였다.

"알겠습니다."

천호령 회장이 사인을 하고 서류를 덮었다.

그리고 옆에 있던 찻잔을 들며 조진석에게 시선을 향했다.

"날은 언제로 잡을 건가?"

대통령의 아들에 대한 테러 날을 묻는 거다.

조진석이 잡했다.

"일의 무게가 작지 않습니다. 조금의 변수가 일을 그르칠 수 있어서 신중하게 조율하는 중입니다. 하지만 머지않아 시행할 겁니다."

천호령 회장이 고개를 끄덕였다.

"조심해야 해. 자네도 잘 알겠지만 이번 일은 작은 실수도 용납할 수 없어. 그 작은 실수가 자네의 조직을 지워 버릴 수도 있어."

"알겠습니다. 최대한 신중하게 하도록 하겠습니다."

천호령 회장이 믿음직스러운 눈으로 조진석을 바라봤다.

"이번 일은 자네 인생에도 큰 전환점이 될 거야."

잠시 말을 멈춘 천호령 회장의 늙은 안광이 조진석의 모든 것을 드러내듯 쏘아봤다.

조진석은 자신도 모르게 천호령 회장의 눈빛을 피해 고개를 숙이고 말았다.

거친 삶을 살아온 조진석에게도 천호령 회장의 눈빛을 받아 내는 것은 쉬운 일이 아니었다.

천호령 회장이 흐뭇한 미소를 지으며 다시 말했다.

"이번 일이 성공한다면 자네가 독립적인 업무를 볼 수 있는 회사 하나를 떼어 주지."

"……!"

조진석의 눈동자가 떨려 왔다.

천호령 회장이 빙긋이 미소 지었다.

"아, 오해하지는 말게. 대통령 아들을 공격하는 게 나와 함께하는 마지막 일이라는 건 아니야. 내가 죽기 전에 보고 싶은 게 대통령 아들이 다치는 꼴은 아니니까. 내 목표를 이룰 때까지는 자네의 도움이 필요해. 계속 고생 좀 해 줘야겠어."

조진석이 천호령 회장을 향해 90도로 허리를 숙였다.

"회사는 필요 없습니다. 회장님의 옆에서 보필하는 것만으로 감사할 뿐입니다."

하지만 회사를 거부한다는 말과 조진석의 표정은 달랐다.

허리를 굽히고 있기에 천호령 회장이 보지 못하는 조진석의 입가엔 짙은 미소가 걸려 있었다.

천호령 회장이 말했다.

"자네의 마음은 잘 알아. 그런데 내가 언제까지 살아 있을 것 같나? 내 정신이 언제까지 또렷이 남아 있을 것 같나?"

조진석이 굽혔던 허리를 펴고 천호령 회장을 바라봤다.

"아닙니다, 회장님. 회장님은……."

조진석의 걱정스러운 표정에 천호령 회장이 피식 웃었다.

"둘째 놈에게 붙었던 자네가 지을 표정은 아니야."

조진석의 얼굴이 순간적으로 붉어졌다. 그가 다시 고개를 숙였다 펴며 말했다.

"죄송합니다. 할 말이 없습니다."

천호령 회장이 고개를 저었다.

"아니야, 괜찮아. 자네 조직을 위해 한 일 아닌가?"

"죄송합니다."

천호령 회장의 입가에 빙긋이 미소가 그려졌다.

"아니야. 정말 괜찮아. 난 자네의 충성심을 오해하지 않아. 자네가 내 아래에서 일하며 얼마나 많은 고생을 했나? 그런 자네가 천유성이의 손을 잡은 것은 모두 조직 때문이겠지."

"……."

"그래서 생각해 봤어. 내 사후에 자네는 어떻게 될까? 내가 죽고 나면 자네가 제왕 그룹을 위해 했던 일은 모두 인정받지 못할 거야."

"……."

"천유성이 자네를 보듬을 것 같은가? 천하민이 자네를 챙길 것 같나?"

"……!"

"경영의 재주가 없어도 욕심 부리지 않으면 적당히 굴러갈 회사를 던져 줄 테니까 먹고사는 건 지장 없을 거야."

조진석은 천호령 회장을 향해 깊게 고개를 숙였다.

"감사합니다."

이번엔 진심이었다.

고개를 숙이고 있는 그의 표정은 진지했다.

조진석을 보는 천호령 회장의 입가에 엷은 미소가 그려졌다.

잠시 후.

조진석이 떠났다.

서재에 홀로 앉아 있던 천호령 회장의 입술에 그려졌던 엷은 미소는 점차 희미해졌다. 그리고 무서운 얼굴로 변했다.

"멍청한 놈."

천호령 회장이 자리에서 일어섰다.

그가 조진석에게 회사를 준다고 한 건 조진석이 예쁘거나 정말 마음에 들어서가 아니다.

이번 일이 그만큼 위험하고 중요하기 때문이다.

조진석 같은 인간들은 단순하다.

주인이 던져 준 먹이 하나에 꼬리를 흔들고 감동을 받기 때문이다.

돈을 받기 위해 대통령 아들을 테러하는 위험한 일에 가담하는 술집 여자나 조진석이나 천호령 회장에겐 모두 똑같은 '개'였다.

시간이 지날수록 천하 그룹 앞 시위대의 시위는 거세지고 있었다.

그들이 목표로 삼았던 김용준 회장이 구속되어 재판을 기다리고 있지만 시위대는 더 거칠어졌다.

"재판을 속행하라!"

"증거 인멸할 생각 말고 법의 심판을 받아라!"

천하 그룹을 향한 욕설은 거세게 터져 나왔다.

게다가 천하 그룹 수사가 지지부진하다는 이유로 정부에 대한 불만이 생겨났고, 그것은 시위대의 새로운 카드가 되었다.

"정부가 천하 그룹의 뒤를 봐주고 있다!"

"검찰은 뭐 하는 거야!"

시위대의 숫자는 점점 늘어나고 있었다. 그리고 그 시위대의 안에 조진석의 수하들이 함께하고 있었다.

시끌벅적한 그 속에 조진석 조직의 2인자인 김성호가 보였다.

그는 귀에 걸린 블루투스 이어폰을 사용해 누군가와 전화를 하고 있었다.

"검사 하나가 우리를 조사하고 있다고?"

-네, 지난번에 애들을 잡아갔던 여검사 있지 않습니까? 그 검사가 계속 시장 주변을 얼쩡거리고 있습니다.

"형사도 아닌 검사가 왜 얼쩡거리고 있어?"

김성호의 미간은 일그러지다 못해 구겨져 있었다.

-직접 수사하는 모양입니다. 젊은 수사관도 함께하고 있습니다. 일단 업무를 중단하고는 있는데, 저놈들이 갈 생각을 하지 않고 있습니다.

젊은 수사관이란 연석을 말하는 것이었다.

물론 연석이 수사관은 아니었지만 이들이 그것까지 알 수는 없었다.

김성호가 작게 짜증 섞인 한숨을 내쉬었다.

"알았어. 일단 화가 나더라도 참고 감시나 잘하고 있어."

-알겠습니다. 그런데 더 깊이 들어오면 어떻게 할까요?

"상대는 검사야. 일단 대기해. 사소한 일이라도 연락하도록 하고."

-알겠습니다.

김성호는 전화를 끊었다.

그의 눈앞에는 시위대의 깃발이 펄럭이고 있었다.

하지만 검사가 사업장을 들쑤시고 있는 상황에서 시위대의 깃발이 눈에 들어올 리 없었다.

김성호는 조진석에게 전화를 걸었다.

"제 사업장에 검사가 돌아다닌다고 합니다."

ー검사?

"네, 그 우리 점조직을 쑤시고 다니는 겁 없는 여자애 있지 않습니까? 그 여자가 제 사업장까지 찾아낸 모양입니다."

조진석의 입에서 한숨이 흘렀다.

그들은 이미 윤수련 검사에 대해 파악하고 있었다.

윤수련 검사가 그들의 하부 조직을 확인하며 위로 올라오고 있는데 모르는 게 더 웃긴 일이었다.

김성호가 말했다.

"제가 잠시 시위 현장에서 빠지고 사업장에 가서 정비 좀 하면 안 되겠습니까?"

ー…….

"테러 날까지는 돌아오겠습니다."

정중한 요청이었다.

하지만 돌아온 것은 단호한 거절이었다.

ー안 돼.

김성호의 미간이 일그러졌다.

수화기 너머로 조진석의 목소리가 흘러나왔다.

-답답한 것은 알고 있어. 하지만 조금 참아. 이 일이 끝나면 회장님이 회사 하나 던져 주신다고 했어. 사업장을 돌리지 못한 손해는 금방 만회할 수 있을 거야.

　김성호의 눈은 분노로 물들어 있었다.

　하지만 눈빛과 달리 평온한 목소리로 말했다.

　"알겠습니다. 그렇게 하겠습니다."

　김성호는 전화를 끊었다.

　그의 이마에는 심줄이 솟아나 있었다.

　김성호의 입장에서는 자칫 윤수련의 수사로 인해 검찰에 잡혀갈지도 모르는 상황이다.

　백번 양보해서 잡혀가는 것까지는 괜찮다.

　문제는 김성호의 사업장이 무너지면 그 아래로 뻗어지는 수많은 점조직이 한꺼번에 검찰의 손에 들어갈 수도 있다는 거다.

　그렇게 되면 조직은 회생할 수 없다.

　하지만 조진석은 그렇게 생각하지 않는 모양이었다.

　조진석에게는 김성호보다도, 조직보다도 대통령의 테러가 더 중한 일이었다.

　김성호의 치아가 부서질 듯이 꽉 다물렸다.

　'천호령 회장님이 회사를 던져 준다고?'

　회사를 던져 주면 조진석만 좋은 거다.

　김성호가 얻을 것은 없었다.

조진석을 생각하던 김성호의 입가에 비릿한 미소가 걸렸다.
'이기적인 놈.'

그 시각, 제왕 백화점 대표이사실.
희우는 천유성 대표와 마주 앉아 있었다.
천유성 대표가 찻잔을 들어 올리며 입을 열었다.
"첩보로 들은 이야기가 있어."
희우의 시선이 천유성 대표에게 향했다.
"첩보요?"
천유성 대표가 느긋한 태도로 말을 이었다.
"조태섭 의원이 데리고 있던 인간 백정을 알고 있지? 얼마 전 자네와 문제가 있었다고 들었는데."
검은 양복을 이야기하는 거다.
희우가 가볍게 고개를 끄덕였다.
"네, 알고 있습니다. 무슨 일이 있나요?"
천유성 대표가 찻잔을 입에 대고 입술을 적셨다. 그리고 여유로운 태도로 찻잔을 내려 두며 말했다.
"조진석 실장에게 들은 이야기는 아니야. 건너서 들었을 뿐이지. 그 인간 백정 놈이 얼마 전 구치소에서 교도소로 갔다면서? 그놈을 조진석 실장이 살해하려는 모양이야."

"……!"

천유성 대표가 슬쩍 미소 지으며 말을 이었다.

"어떤 방식으로 살해하려 하는지 계획까지는 모르고 있으니까 거기까지 묻지는 말아 줘."

희우의 시선이 천유성 대표를 가만히 바라봤다.

천유성 대표의 성격상 굳이 이런 이야기까지 희우에게 할 사람은 아니었다.

누가 죽든 말든 천유성 대표에게는 관심 없는 이야기일 뿐이니까.

그런 사람이 이런 이야기를 꺼냈다는 것은 다분히 의도적이라는 뜻이다.

분명 무슨 이유가 있다.

'조진석 실장에게 들은 이야기가 아니라고?'

이 말 역시 일부러 흘렸을 가능성이 높았다.

생각에 빠지게 하려는 거다.

희우의 시선을 다른 곳으로 향하게 하려는 거다.

'도대체 뭐냐? 무슨 일로 내 시선을 돌리려 하는 거냐?'

아직은 알 수 없었다.

하지만 희우는 생각에 빠져 있다는 걸 표정으로 드러내지 않았다.

고민에 빠진 표정이야말로 상대가 원하는 대로 움직여 주는 거다.

상대와의 싸움에서 이기는 가장 쉬운 방법은 상대가 원하는 것과 반대되는 행동을 하는 것.

희우는 살짝 웃으며 고개를 끄덕였다. 그리고 관심 없다는 듯 입을 열었다.

"그렇군요. 그런데 어디서 들은 이야기입니까?"

천유성 대표가 피식 웃으며 어깨를 으쓱했다.

"글쎄, 건너건너 들은 이야기라 나도 명확하지 않아."

말해 줄 생각이 없다는 거다.

그의 표정을 보며 희우도 더 묻지 않았다.

그때 천유성 대표의 핸드폰이 벨을 울렸다.

발신 번호는 김성호다.

천유성 대표는 힐끗 희우를 바라봤다.

"가족 문제와 관련된 전환데, 자리를 비켜 줄 수 있나?"

희우가 고개를 끄덕이며 자리에서 일어섰다.

"알겠습니다. 그럼 그만 가 보겠습니다. 나중에 뵙죠."

"그래, 조심히 가게."

천유성 대표는 특유의 뱀눈으로 희우를 바라보며 미소 지었다.

그리고 희우가 몸을 돌렸을 때, 그는 통화 버튼을 누르고 귀에 댔다.

—김성호입니다.

전화기에서 흘러나온 목소리는 크지 않았다.

어게인
마이라이프
S E A S O N 2

하지만 희우는 분명히 들었다.

'김성호라고?'

희우의 입꼬리가 비틀어졌다.

천유성 대표는 김성호와 전화를 끊고 진규학 의원과 전화를 하고 있었다.

"김희우에게 미끼를 던졌습니다. 부디 이쪽으로 고개 돌리지 않고 미끼나 받아먹었으면 좋겠는데요."

건너 들었다는 말과 검은 양복이 살해당할지도 모른다는 말은 희우가 예상했던 대로 시선을 돌리기 위해 한 말이었다.

진규학 의원이 말했다.

ㅡ걱정하지 마십시오. 받아먹을 겁니다. 최근 김희우가 인간 백정 놈의 수하를 만났다는 말을 들었습니다. 그 말은 김희우와 인간 백정 놈 사이에 모종의 계약이 있었다는 말이겠죠. 김희우는 그놈이 죽도록 내버려 두지 않을 겁니다.

천유성 대표가 고개를 끄덕였다.

"그래야죠. 그래야 아버지를 한 번에 끌어내릴 수 있지요."

천유성 대표의 입가에는 잔인한 미소가 걸려 있었다.

전화를 끊은 천유성 대표가 자리에서 일어나 창문으로 걸어갔다.

창문을 통해 서울 시내가 내려다보였다.

창밖을 보는 천유성 대표의 뱀눈엔 탐욕만이 가득했다.

그가 낮은 목소리로 중얼거렸다.

"이제 다 왔어."

제왕 그룹의 회장실이 눈에 보이는 것만 같았다. 회장실 의자에 앉은 자신의 모습이 보이는 것만 같았다.

손만 뻗으면 잡을 수 있는 거리까지 왔다.

천유성 대표가 빙긋이 미소를 그렸다.

잠시 후.

문이 열리고 김성호가 안으로 들어왔다.

김성호는 여전히 두려움으로 가득한 눈으로 천유성 대표를 바라보고 있었다.

꾸벅 고개를 숙인 김성호에게 천유성 대표는 최대한 사람 좋은 미소를 지어 보이며 소파를 가리켰다.

"앉아."

김성호가 소파에 다가가 앉았고 천유성 대표가 맞은편에 앉았다.

천유성 대표가 입을 열었다.

"무슨 일이지? 시위대에 있을 시간 아닌가?"

"맞습니다."

"그런데?"

김성호의 눈이 천유성 대표를 바라봤다. 하지만 쉽게 입을

어게인
마이라이프
SEASON2

열지 못하고 머뭇거렸다.

천유성 대표가 슬쩍 미소 지으며 말했다.

"이야기해. 뭐든 괜찮아."

"검사 하나가 제 사업장을 쑤시고 다닙니다."

"그래서?"

"제 사업장 하나가 없어지는 건 문제가 되지 않습니다. 하지만 그 안에 있는 조직도가 문제입니다."

"조직도?"

"검찰의 손에 들어가면 제가 가진 조직이 와해되어 버릴 겁니다."

천유성 대표의 입가에 걸렸던 미소는 사라졌다.

그는 싸늘한 표정으로 김성호를 바라봤다.

"조직이 없어진다?"

"네, 점조직의 특성상 관련 조직도가 검찰의 손에 들어가면 없어질 가능성이 큽니다. 검찰의 손에 들어가지 않게 하기 위해선 제가 가서 정비해야 합니다. 그런데 지금 조진석 실장은 제게 시위대에 붙어 있으라고 합니다."

천유성 대표는 물끄러미 김성호를 바라봤다.

"그래서?"

"검사의 눈을 피해 자료를 지우고 옮기는 시간은 하루 이틀 정도 소요될 것 같습니다."

"……."

"점조직이기 때문에 일일이 연락해야 하는데, 그런 문제 때문에 시간이 조금 걸립니다. 그런데 그렇게 오래 시위대를 비우게 되면 조진석 실장에게 제가 없어졌다는 걸 들키게 됩니다."

"그래서?"

"대표님의 계획과는 어긋나지만 조금 더 일찍 조진석을 치울 수 있게 허락해 주십시오."

천유성 대표는 특유의 뱀눈으로 김성호를 가만히 바라봤다.

천유성 대표는 조진석을 치우고 그 자리를 김성호에게 넘길 거라는 말을 했었다.

그건 거짓이 아닌 사실이다.

그게 천유성 대표에게도 좋은 일이기 때문이다.

하지만 아직은 아니다.

천호령 회장이 살아 있다.

지금은 위험하다.

조진석을 잡으려다가 자칫 천유성 대표는 물론이고 관련된 모든 사람이 위험에 빠질 수 있었다.

천유성 대표가 말했다.

"그럴 수는 없어. 조진석은 아직 살려 둬야 해."

김성호가 힘없이 고개를 숙였다.

"알겠습니다."

천유성이 말했다.

어게인
마이라이프
SEASON2

"자네 조직이 살아남는 방법 중에 조진석을 치우는 것보다 더 쉬운 일이 있어."

"······?"

"그 검사를 죽여."

김성호의 눈이 떨려 왔다.

천유성이 말했다.

"일을 왜 급하게 하려 하나? 죽이고 자료는 천천히 옮겨. 간편한 일 아닌가?"

천유성 대표는 빙긋이 미소를 그렸다.

그는 정말로 상대를 죽이는 게 가장 쉬운 일이라고 믿는 것 같았다.

❧

제왕 백화점 지하 1층 주차장.

손님의 출입을 통제하는 직원 전용문이 있었다.

보안 카드가 있어야 열리는 문이다.

그 문을 열고 들어가면 대표이사 전용 엘리베이터가 보였다.

엘리베이터가 지하 1층에서 멈춰 섰다.

내린 사람은 김성호다.

그가 직원 전용문을 열고 주차장으로 나왔다.

그는 주변을 두리번거리더니 아무도 없는 것을 확인하고

곧장 자신의 차를 향해 걸어갔다.

하지만 김성호는 몰랐다.

그를 바라보는 눈이 있었다.

바로 희우였다.

희우가 차갑게 미소 지었다.

"조진석은 천호령 회장의 손을 잡았고 2인자라는 놈은 천유성 대표의 손을 잡았네."

그날 밤, 김석훈의 국회의원 사무실.

희우는 김석훈과 마주 앉아 있었다.

희우가 말했다.

"천유성의 행동이 이상했습니다. 그런 말을 굳이 꺼낼 사람은 아닌데요."

희우는 낮에 천유성 대표에게 들은 말을 김석훈에게 전했다.

하지만 김성호에 대해서는 말을 하지 않았다.

천유성 대표와 나눈 대화만 전했을 뿐이다.

이야기를 들은 김석훈의 입가에 비릿한 미소가 걸렸다.

"그런 이야기를 왜 꺼냈을까?"

하지만 김석훈은 말과 달리 천유성 대표가 왜 그런 행동을 했는지 예상하고 있었다.

천유성 대표가 천호령 회장의 계획을 알게 된 거다.

그래서 희우의 시선을 돌리고 혼선을 주려는 거다.

여기까지는 예상되었다.

하지만 천유성 대표가 희우의 시선을 돌리고 혼선을 주면서까지 천호령 회장의 계획을 이용하여 무엇을 노리려 하는지는 알 수 없었다.

생각에 빠진 김석훈은 손가락으로 톡톡 테이블을 치기 시작했다.

하지만 역시였다.

시간이 지나도 뿌연 안개에 싸여 있는 것 같았다.

김석훈의 시선이 힐끗 희우에게 향했다.

희우는 천호령 회장의 계획을 알지 못한다.

천호령 회장의 계획을 말해 준다면 천유성 대표가 무엇을 노리고 있는지까지 알아낼 거다.

희우는 그럴 능력을 갖추고 있었다.

김석훈은 말을 하기 위해 입술을 움직거렸다.

하지만 멈췄다. 말해 줄 수 없었다.

희우는 김석훈의 그 짧은 행동을 눈치챘다.

"하실 말씀이 있으면 하세요."

"정필승 지검장이 움직인다고 해."

"정필승 지검장이요?"

"그래. 며칠 내로 조진석에 대한 공격을 본격적으로 시작할 건가 봐. 조진석이는 정신이 없어질 거야. 정필승 그놈이 맹해 보이는 구석은 있어도 집요한 놈이니까."

김석훈은 조용히 미소 지으며 찻잔을 들어 입에 댔다.

희우와 헤어진 김석훈은 천시현이 항상 술을 마시는 바로 향했다. 오늘도 그녀는 그곳에서 흐트러진 채 술을 마시고 있었다.

김석훈은 그녀의 옆에 앉았다.

"술을 조금 줄이는 게 어때?"

김석훈의 표정은 평소와 다르지 않았다.

그는 천시현이 자신의 딸인 한미를 이용하고 있다는 걸 알고 있었다. 하지만 표정에 드러내지 않았다.

호랑이가 풀숲에 몸을 숨겨 먹잇감을 안심시키듯, 김석훈은 표정을 숨기고 천시현을 안심시키고 있었다.

김석훈은 진심으로 천시현을 걱정한다는 얼굴로 다시 입을 열었다.

"술은 좋지 않아. 취한다고 해서 해결되는 것도 없어. 몸 생각을 하도록 해."

천시현이 피식 웃었다.

"글쎄요. 이런 세상에서 술이 없으면 어떻게 살까요?"

천시현이 술잔을 기울여 입에 댔다. 그리고 김석훈을 보며 살짝 미소 지었다.

김석훈도 자신의 앞에 놓인 빈 잔에 술을 채웠다. 그리고 물었다.

"이런 세상이라니, 자네가 보는 세상은 어떻지?"

천시현이 잔을 들고 뭔가를 가만히 생각하다가 입을 열었다.

"지옥?"

"......!"

"아무것도 할 수 없잖아요. 내가 할 수 있는 게 아무것도 없어요."

김석훈의 입에 미소가 걸렸다.

아무것도 할 수 없다니. 그녀는 뭐든 할 수 있다.

그녀가 계속 말했다.

"그리고 삶은 심심하죠."

평범한 사람은 일을 하느라 바쁜 삶을 산다. 삶이 심심하다는 말을 하기가 힘들다.

그녀가 공허한 눈빛으로 말을 이었다.

"지겨워요. 천하민이가 감옥에 들어갈 상황이 되었는데도 아버지는 나를 부르지 않아요. 이대로라면 천유성이가 회장 자리에 앉을 거예요."

"......"

"김석훈 의원님 말대로 천유성에게 접근도 해 봤어요. 하지만 저울이 이미 기운 상황이잖아요? 천유성은 나를 전리품으로 생각할 뿐이죠. 집 안에 틀어박힌 인형 보듯 하고 있어요. 난 역시 아무것도 할 수 없고요."

"······."

"심심하고, 지겹고. 아무것도 할 수 없는 삶은 지옥이죠."

김석훈이 고개를 저었다.

지금 그녀의 말만 들어 보면 회사의 경영을 자신의 심심함을 채울 목적으로 하는 것 같았다.

김석훈이 낮게 한숨을 쉬며 말했다.

"보통 사람들을 생각해 봐. 자네는 많은 것을 누리며 살고 있어."

천시현의 붉은 입술이 비틀어졌다.

"보통 사람?"

"그래."

그녀가 깔깔대며 웃기 시작했다.

"김석훈 의원님, 의원님은 그들을 보며 같은 사람이라고 생각하나요?"

김석훈의 미간이 찌푸려졌다. 하지만 천시현은 김석훈의 표정을 상관하지 않고 계속 말했다.

"같은 사람이 아니죠. 벌레 같은 존재죠. 씻고는 다니나 몰라. 더럽고, 냄새나고, 정말 싫어요."

그녀는 소름 끼친다는 얼굴을 하며 몸까지 부르르 떨었다.

김석훈이 다정한 표정으로 살짝 미소 지었다.

"그런 사람들도 잘 씻고 다녀. 더럽지 않아."

천시현이 다시 깔깔대며 웃었다.

"김석훈 의원님, 그러지 마요. 그런 말은 김희우나 하는 말이에요."

김석훈은 피식 웃으며 고개를 끄덕였다.

시간이 흘렀다.

김석훈의 시선이 천시현에게 향했다.

천시현은 이제 테이블에 쓰러져 있었다.

가만히 그녀를 바라보던 김석훈이 자리에서 일어났다. 그리고 바텐더를 향해 다가갔다.

"얼마지?"

"대리 불러 드릴까요?"

김석훈이 고개를 저었다.

"아니, 괜찮아. 알아서 부르도록 하지."

김석훈은 현금을 꺼내 바텐더에게 건넸다.

그는 고개를 돌려 천시현을 바라보며 바텐더에게 말했다.

"조금 피곤한 모양이야. 조금 이따가 깨워서 보내도록 해."

"먼저 가시게요?"

"바쁜 일이 있어서 가 봐야 해."

바텐더는 알았다는 듯 고개를 끄덕였다.

천시현의 성격상 지금 시간에 깨우면 또 술을 먹겠다고 난리를 피울 것이다. 그런 그녀를 어르고 달래서 집으로 끌고 가기는 어려웠다.

가장 좋은 방법이 조금 더 재웠다가 깨워서 집에 돌려보내는 것이다.

김석훈이 바텐더에게 말했다.

"한 시간 후에 깨워 보도록 해."

"네, 알겠습니다."

바텐더의 말을 들으며 김석훈은 몸을 돌려 바를 벗어났다.

그리고 시간이 지났다.

바텐더가 다가가 천시현 앞에 섰다.

"손님, 시간이 늦었습니다. 손님."

몇 번 부르자 천시현이 부스스 일어나 주변을 둘러봤다.

"내 앞에 있던 남자는?"

"일이 있다고 먼저 가셨습니다."

천시현은 고개를 끄덕이며 자리에서 일어섰다.

가게를 빠져나가기 위해 걷는데 비틀거렸다.

잠깐 잠을 잤지만 짧은 시간에 술이 깰 수는 없었다.

바텐더가 말했다.

"손님, 대리운전 부를까요?"

천시현은 대답하지 않고 가게를 빠져나갔다.

엘리베이터를 타고 지하 주차장으로 내려온 그녀는 곧장 차로 향했다.

차에 앉은 그녀는 핸드폰을 찾기 위해 가방 안을 뒤졌다.

하지만 술에 취해서인지 잘 찾아지지 않았다.

그녀는 조수석에 가방을 뒤집어 내용물을 다 쏟은 후에야 핸드폰을 찾을 수 있었다.

핸드폰을 찾은 이유는 김석훈에게 전화를 걸기 위해서였다.

ㅡ일어났나? 난 일이 있어서 먼저 나왔어. 설마 운전하는 건 아니지?

"설마요."

천시현은 차에 시동을 걸며 조수석에 어지럽게 놓인 물건 중에서 립스틱을 찾았다.

백미러를 보고 입술을 붉게 칠하며 김석훈에게 말했다.

"어떤 바쁜 일이 있으셨나, 숙녀를 놔두고 가게?"

ㅡ약속이 있었지. 사람을 좀 만나야 했어.

입술에 립스틱을 바른 그녀는 이제 담배를 꺼내 입에 물었다.

그리고 조심스레 액셀러레이터를 밟으며 말했다.

"그렇다고 숙녀 혼자 놓고 가는 법이 어딨어요?"

ㅡ깨우면 또 술을 마실 테니, 그냥 재우는 편이 좋다고 생각했을 뿐이야. 그리고 그 가게는 믿을 만하니까.

김석훈은 차에 앉아 전화를 하고 있었다.

천시현이 말했다.

―어디죠?

"집이야. 지금 도착했어."

그렇게 말하고 있는 김석훈의 눈앞으로 천시현의 차가 스쳐 지나갔다.

그녀가 말했다.

―알았어요. 그럼 나중에 봐요. 나도 이만 집에 가야겠네요.

"대리를 불렀나?"

―네, 대리운전 기사가 운전하고 있으니까 잔소리 그만해 주세요.

그녀는 대리운전 기사를 부르지 않았다.

술을 마신 상황에서 담배를 물고 전화까지 하며 운전하고 있었다.

김석훈이 말했다.

"조심히 들어가."

김석훈은 전화를 끊었다.

그리고 차에서 내리며 손목을 들어 시간을 확인했다.

김석훈이 바에서 나온 지 약 한 시간이 지나가고 있었다.

김석훈이 고개를 끄덕였다.

그는 바텐더에게 한 시간 후에 천시현을 깨워 보라고 말했다.

바텐더는 말을 잘 들었다.

그리고 천시현은 음주운전을 했다.

어게인
마이라이프
SEASON2

모두 김석훈의 계획에 있던 일이다.

지하 주차장을 빠져나가는 천시현의 차를 보며 김석훈은 조용히 미소 지었다.

"심심하다고? 앞으로 심심할 겨를은 없을 거야. 지금의 한 가함을 즐기도록 해."

김석훈의 눈빛은 무섭게 변해 있었다.

며칠이 지났다.

중앙 지검 정필승 지검장이 조직폭력배를 상대로 전력을 다하겠다는 뉴스가 전해지고 있었다.

물론 그 목표는 조진석이다.

조진석은 사무실에 앉아 진규학 의원과 전화하고 있었다.

"그러니까 중앙 지검 정필승 지검장이 나를 노린다고요?"

-네, 그런 소식이 들려왔습니다. 정필승이가 지금 검찰총 장한테 예쁨 받기 위해 애쓰는 모양입니다.

조진석의 입에서 헛웃음이 흘렀다.

"알겠습니다. 조심하도록 하겠습니다."

조진석은 전화를 끊었다.

"나를 노리고 있다고?"

그는 책상 위에 올라온 신문을 들어 올렸다.

신문의 한쪽에 조직폭력배 소탕이라는 말이 적혀 있다.

조진석의 미간이 찌푸려졌다.

얼마 전 김성호에게 걸려 왔던 전화가 떠올랐다.

김성호는 분명 검사가 들쑤시고 다닌다고 말했다.

"김성호를 통해 나까지 올라오려고 하나?"

충분히 가능한 일이다.

조진석은 한숨을 내쉬었다.

검사가 어디까지 파헤쳤는지는 알 수 없었다.

하지만 정필승 지검장이 뜬금없이 조진석을 타깃으로 잡았을 리는 없다는 생각이 들었다.

"아마도 그 검사가 상당히 많은 부분까지 들어왔을 가능성이 클 거야."

조진석은 자리에서 일어나 사무실을 서성였다.

지금은 중요한 시기다.

단 한 번의 실수로 모든 게 어긋날 수도 있었다.

그렇게 되면 천호령 회장이 세운 큰 그림은 엉망이 되고 만다.

천호령 회장이 주기로 약속한 회사는 물거품이 되어 버릴 거다.

그건 막아야 했다.

조진석은 핸드폰을 들었다.

"성호야, 나다."

김성호는 조진석의 전화를 받았다.

-네, 말씀하십시오.

김성호는 핸드폰을 귀에 댄 채로 앞을 바라봤다.

그의 앞에는 천유성 대표와 진규학 의원이 미소를 지은 채 앉아 있었다.

김성호의 핸드폰으로 조진석의 목소리가 흘러나왔다.

-시위대에서 빠져나와. 사업장으로 가 보도록 해.

"네? 지난번에는 시위대를 지키라고 말씀하셨잖습니까?"

-그래. 하지만 지금은 아니야. 큰일을 앞뒀을 땐 돌다리도 두들기고 건너라고 했어. 그게 우선이야. 검찰이 상당히 깊숙한 곳까지 들어왔다는 말을 들었어. 어서 가서 처리하도록 해.

김성호의 입가에 차가운 미소가 걸렸다.

그는 방금 진규학 의원이 조진석에게 전화하는 걸 봤다.

진규학 의원은 정필승 지검장이 조진석을 타깃으로 잡았다는 말을 전했다.

그 말을 들은 조진석은 바로 김성호에게 전화를 걸어왔다.

김성호가 고개를 저었다.

'넌 정말 이기적인 놈이야.'

하지만 입에서 나온 말은 생각과 달랐다.

"알겠습니다. 그럼 바로 가 보도록 하겠습니다."

ー조심해라.

김성호는 전화를 끊었다. 그리고 천유성 대표를 바라보며 말했다.

"조진석 실장이 움직여도 된다고 허락했습니다."

천유성 대표가 미소를 그리며 고개를 끄덕였다.

"그래. 세상도 자네를 도와주는 것 같아 다행이야. 이런 시기에 갑자기 정필승 지검장이 움직일 줄은 몰랐어."

김성호가 잠시 걱정스러운 표정으로 천유성 대표를 바라 봤다.

"그런데 정필승 지검장이 왜 우리를 공격하려 하는 걸까 요? 정말 총장에게 예쁨 받으려고 그러는 건가요?"

가만히 있던 진규학 의원이 찻잔을 들어 올리며 기분 나쁘 다는 표정으로 말했다.

"알 필요 없는 일이야. 조진석이의 허락을 받았으니 시위 대에서 이탈해서 마음 편히 관련 자료나 없애면 돼."

김성호는 고개를 끄덕였다.

"알겠습니다."

진규학 대표가 말을 이었다.

"질문은 좋지 않은 거야. 생각은 더 좋지 않은 거지. 자네 가 할 일은 시키는 대로 움직이는 거야."

언젠가 진규학 의원이 조진석에게 들었던 말과 비슷한 말이었다.

그때 그 말에 화를 냈던 진규학 의원은 김성호를 상대로 같은 말을 하고 있었다.

김성호가 고개를 숙였다.

"알겠습니다."

"그만 나가 봐."

김성호는 자리에서 일어나 진규학 의원과 천유성 대표를 향해 꾸벅꾸벅 인사를 한 후 대표이사실을 벗어났다.

김성호가 떠난 후 대표이사실에는 천유성 대표와 진규학 의원만 남았다.

천유성 대표의 시선이 진규학 의원에게 향했다.

"정필승 지검장이 뜬금없이 왜 움직이는 거죠?"

진규학 의원이 말했다.

"확실하지는 않습니다만 정필승 지검장의 뒤에 누군가가 있는 것으로 보입니다."

"……."

진규학 의원의 눈이 날카로워졌다. 그리고 천유성을 바라보며 입을 열었다.

"이미 예상하고 계시겠지만 정필승이가 조진석을 타깃으로 잡아 움직인다는 건 그다음 목표가 제왕 그룹이라는 겁니다."

천유성 대표의 미간이 찌푸려졌다.

자신이 앉을 제왕 그룹의 왕좌에 정필승 지검장이 오물을 뿌리는 느낌을 받았기 때문이다.

정필승 지검장 정도의 인물에게 제왕 그룹이 좌지우지되지는 않을 거라는 확신이 있었지만 자신이 앉을 자리에 재를 뿌리려는 행동이 마음에 들 리는 없었다.

가만히 생각하던 천유성 대표가 입을 열었다.

"정필승의 뒤에 김희우가 있나요?"

그건 위험하다.

중앙 지검의 힘을 김희우가 이용한다면 쉽게 생각할 문제는 아니었다.

다행히 진규학 의원이 고개를 저었다.

"김희우는 아닐 겁니다. 두 사람의 사이가 좋을 수는 없습니다. 조금 더 알아보고 확실해지면 말씀드리겠습니다."

천유성 대표가 한숨을 내쉬며 찻잔을 들어 올렸다.

"날파리는 하루라도 빨리 치워야 해요. 어서 알아봐 주세요."

"알겠습니다."

천유성 대표가 찻잔을 내려 두며 문득 뭔가 생각났는지 진규학 의원에게 물었다.

"그런데 진규학 의원님은 어쩌실 생각입니까?"

"……?"

"제가 회장이 되면 진규학 의원님을 챙겨야 하는 게 당연하잖습니까? 다시 정계를 떠나 그룹으로 돌아오시겠습니까?"

진규학 의원이 고개를 저었다.

"천호령 회장님의 뜻으로 정계에 진출했지만 몇 년간 국회 생활을 해 보니 이곳도 마음에 듭니다. 저는 이곳에 남겠습니다."

천유성 대표가 아쉬운 표정을 지었다.

진규학 의원이 계속 말했다.

"이곳에 남는 이상, 목표한 것은 하나입니다."

"하나요?"

"정치판에 뛰어든 사람들이 누구나 원하는 자리요. 저도 그 자리에 앉아 보고 싶습니다."

대통령의 자리를 말하는 거다.

천유성 대표의 입가에 환한 미소가 걸렸다.

"제가 물심양면으로 돕겠습니다. 대한민국에 진규학 의원님 같은 분이 대통령을 해야지, 누가 하겠습니까?"

진규학 의원이 고개를 숙였다.

"감사합니다. 듣기만 해도 든든해집니다."

천유성 대표는 이미 제왕 그룹 회장 자리에 오른 것처럼 웃고 있었고, 진규학 의원은 대통령이 된 것처럼 웃고 있었다.

～╼ᑯ ᎝╾～

그 시각, 서울의 한 시장 골목.

희우의 사무실에서 걸어오기엔 어렵지만 차로는 금방 오

갈 수 있는 거리에 위치한 시장이었다.

시장 입구에 있는 작은 커피숍에 앉아 있는 윤수련 검사가 보였다.

그녀의 시선은 시장의 입구에 고정되어 있었다.

누군가를 찾고 있는 거다.

한참 앞을 바라보고 있을 때, 커피숍의 문이 열리고 연석이 들어왔다.

그가 윤수련 검사가 앉아 있는 테이블 가까이로 걸어오며 물었다.

"찾았어요?"

윤수련 검사가 고개를 저으며 말했다.

"아직."

윤수련 검사는 연석과 제법 친해졌는지 편하게 말을 놓고 있었다.

연석이 윤수련 검사의 맞은편에 앉으며 서글서글한 미소를 지었다. 그리고 그녀의 시선을 따라 창밖을 바라봤다.

두 사람은 김성호와 그가 관리하는 해외 매춘 알선 사업 사무실을 찾는 중이었다.

시장으로 들어가는 입구는 이곳 하나다.

다른 샛길이 있기는 하지만 대부분 이 입구를 이용했다.

연석이 말했다.

"며칠이나 지켜봤지만 김성호인가 하는 놈은 그렇다 치고 젊은 여자도 몇 명 못 봤잖아요. 이 길이 아니라 샛길로만 다니는 거 아닐까요?"

해외에 나가기 위해 김성호를 찾아오는 여자를 찾고 있었지만 그마저도 보이지 않았다.

윤수련 검사가 말했다.

"깡패 놈들은 샛길을 이용할 수도 있겠지. 하지만 여자들은 아니야. 처음 오는 곳인 만큼 입구를 찾을 수밖에 없어."

윤수련은 연석에게 말을 하면서도 시선을 한번 돌리지 않고 창밖만 바라보고 있었다.

연석은 그런 윤수련 검사를 가만히 바라보다가 살짝 미소지었다. 그리고 더 이상 그녀에게 말을 걸지 않았다.

방해하지 않는 거다.

잠시 후, 윤수련 검사가 창밖에 시선을 둔 채 자리에서 일어섰다.

"저 여자, 확인해 보자."

윤수련 검사의 시선이 머문 곳에는 대학생처럼 보이는 여성이 청바지를 입고 서 있었다.

두 사람은 커피숍에서 나와 여성을 뒤쫓았다.

연석과 윤수련은 다시 시장 입구로 걸어 나오고 있었다.

연석이 말했다.

"그냥 채소 사러 온 여자였네요."

"그러니까."

윤수련은 미안한 표정으로 살짝 웃어 보였다.

그녀는 작게 한숨을 내쉬며 주변을 둘러봤다.

시장 상인들과 손님들이 눈에 보였다.

윤수련은 이 시장 거리를 며칠이나 배회했다.

하지만 나온 것은 없었다.

놈들은 어디에 숨어 있는지 놈은 꽁꽁 틀어박혀 있었다.

계속 머문다고 해서 뭔가가 더 나올 것 같지는 않았다.

이제는 위험한 걸 알지만 놈들을 자극해서 끄집어내야 했다.

그녀가 연석에게 입을 열었다.

"이렇게까지 놈들이 나오지 않는다면 한 가지 생각밖에 할 수가 없어."

"……."

윤수련이 평소와 달리 조금은 큰 목소리로 말을 이었다.

"우리가 놈들에게 노출되었을 가능성이 있다는 거야."

일부러 주변에 들리도록 크게 말한 거다.

윤수련이 주변을 둘러보며 계속 말했다.

"우리가 노출되었다면 어딘가에서 우리를 감시하고 있을 거야."

"……."

"시장 상인으로 숨어 있을 수도 있고, 손님으로 있을 수도 있겠지. 시장이란 사람들 사이에 숨어서 누군가를 보기에 최적의 장소니까."

그녀는 한 사람, 한 사람 확실히 얼굴을 확인하며 시선을 돌렸다.

그리고 또렷한 목소리로 말했다.

"아마도 가게 안에 문이 있을 거야. 그 문 너머에 놈들의 본거지가 있겠지. 어디로 연결되는지는 몰라도 지금부터는 그 문을 찾아야 해. 사람이 아니라 장소를 찾아봐."

"……."

"어쩌면 창고, 또는 지하실?"

연석은 걱정스러운 눈으로 윤수련을 바라봤다.

건물의 옥상에서 두 사람의 모습을 지켜보는 눈이 있었다.

바로 김성호였다.

그가 턱을 쓰다듬으며 말했다.

"저 두 사람이지?"

그의 말에 옆에 있던 큰 덩치에 짧은 머리를 한 남자가 고개를 끄덕였다.

"네. 어떻게 할까요? 저놈들 때문에 일을 할 수 없습니다.

하루 이틀이면 떠날 거라고 생각했는데 아주 돗자리를 깔고 앉아 있어요. 지금 피해가 막심합니다. 애들 용돈도 줘야 하는데 이렇게 장사를 못 하고 있으니…….”

김성호가 가만히 시장 아래를 바라보다가 고개를 끄덕였다.

덩치의 말대로다.

저런 식으로 들쑤시고 다니면 일을 할 수 없다.

정말 중요한 문제는 일이 아니다.

저렇게 입구를 막고 있으면 김성호가 시장으로 들어갈 수도 없다는 거다.

그 말은 김성호가 자료를 **빼내** 올 수도 없다는 뜻이다.

김성호는 하루라도 빨리 일을 끝내고 시위대로 돌아가야 했기에 시간을 끌어 이곳에 죽치고 있을 수도 없었다.

김성호가 머리를 긁적이며 말했다.

“그런데 두 사람뿐이야?”

덩치가 고개를 끄덕였다.

“네, 두 사람뿐입니다.”

“달고 다니는 사람 없고?”

“네, 없습니다.”

김성호가 한숨을 내쉬었다.

그때 덩치의 핸드폰이 울렸다.

덩치가 전화를 받더니 김성호에게 말했다.

“우리 쪽 감시하는 놈과 눈이 마주쳤답니다. 아직 확정적은 아닌데 의심을 하고 있나 봅니다. 그리고 놈들이 이제 건물을 뒤지기 시작할 거랍니다. 가게 안에 있는 또 다른 문을 찾아본답니다."

"……."

"그럼 우리의 사무실도 언제 들킬지 알 수 없습니다."

김성호가 한숨을 내쉬며 고개를 저었다.

"죽여야겠네."

그의 차가운 시선이 시장 아래를 향했다. 그리고 말을 이었다.

"애들 준비시켜."

"알겠습니다."

덩치가 김성호를 향해 90도로 허리를 굽힌 후 옥상을 떠났다.

김성호는 그 자리에 서서 주머니에 손을 꽂은 채 윤수련을 노려보고 있었다.

잠시 후.

윤수련 검사와 연석은 시장 입구에 서 있었다.

그때 모자를 푹 눌러쓴 누군가가 다가와 윤수련과 부딪혔다.

모자를 쓴 남자가 고개를 숙였다.

"죄, 죄송합니다."

남자가 몸을 돌려 이동하려다가 이번엔 연석과 부딪혔다.

남자가 이번엔 연석에게 고개를 숙였다.

"죄송합니다. 정말 죄송합니다."

남자는 꾸벅꾸벅 고개를 숙이며 시장 입구로 들어섰다.

윤수련은 물끄러미 모자 쓴 남자를 바라보고 있었다.

그러다가 갑자기 생각난 듯 빠르게 말했다.

"자, 잡아! 저놈 잡아!"

"네."

그녀의 말에 연석은 아무것도 묻지 않았다.

그저 모자 쓴 남자를 향해 달렸다.

남자는 김성호였다.

김성호는 힐끔 고개를 돌려 연석이 쫓아오는 걸 바라봤다.

김성호의 입가에 비릿한 미소가 그려졌다.

'걸렸어.'

그리고 그가 달리기 시작했다.

"비켜!"

김성호가 거칠게 말하며 주변에 있는 사람들을 밀쳤다.

"꺅!"

여성의 비명이 들렸다.

하지만 김성호는 신경 쓰지 않았다.

"비키라고!"

김성호가 달려가는 길에는 사람이고 과일이고 채소고 전

어게인
마이라이프
SEASON2

부 쏟아져 내렸다.

모두 김성호가 손으로 집어 연석에게 집어 던졌기 때문이다.

연석이 꽤 빠르게 뒤쫓았지만 김성호가 내던지는 물건 탓에 쉽게 따라잡기는 어려웠다.

김성호는 코너를 돌아 골목으로 들어갔다.

연석도 그 뒤를 바짝 쫓았다.

하지만 연석의 걸음은 멈췄다.

"……!"

골목을 벗어나자 사방이 담벼락으로 막힌 공터가 보였고 그 안에 100평 정도 규모의 창고 하나가 있었다.

김성호는 보이지 않았다.

연석이 주변을 둘러봤다.

시장에서 멀리 떨어지지 않은 공터였지만 오가는 사람도 없었다.

그때 연석의 뒤로 윤수련 검사가 도착했다.

윤수련 검사가 숨을 토해 내며 창고를 바라봤다.

연석이 말했다.

"저 안으로 들어간 것 같아요."

윤수련 검사가 고개를 끄덕였다.

연석이 다시 말했다.

"들어갈까요?"

윤수련 검사가 고개를 저었다.

"아니야, 위험해. 어차피 저 안으로 들어갔으면 나올 곳은 없을 거야. 독 안에 든 쥐야."

안에 어떤 무기가 숨겨져 있을지 모른다. 몇 명이 대기하고 있는지도 모른다.

연석 혼자서는 위험한 일이다.

하지만 이번엔 연석이 고개를 저었다.

"저 안에는 분명 다른 곳으로 빠지는 비상구가 만들어져 있을 거예요."

뒤가 구린 놈일수록 도망칠 길을 만들어 둔다.

그건 이런 더러운 생활을 해 봤던 연석이 잘 알고 있었다.

윤수련이 한숨을 내쉬었다.

"그래도 안 돼. 위험해. 지원 요청할 테니까 기다리자."

"도망칠 것 같은데요. 저놈은 꼭 잡아야 하는 놈 아니었어요?"

"맞아. 그런데 네 안전보다 중요한 놈은 아니야."

"……?"

연석이 물끄러미 윤수련을 바라봤다.

그의 시선은 느낀 윤수련이 고개를 들어 연석을 보며 물었다.

"왜?"

"아뇨. 그냥, 듣기 좋은 말 같아서요."

"뭐가?"

"윤수련 검사님이 방금 말씀하신 제 안전이 중요하다는 말요. 김희우 의원님도 항상 저에게 위험하면 도망치라고, 몸

조심하라고 하거든요? 그런데 윤수련 검사님의 말을 들으니 기분이 묘하네요."

"어? 묘해? 왜?"

연석이 고개를 저었다.

"아니에요. 그런데 여기서 가만히 있을 수는 없어요. 지원 요청을 한다 해도 시장을 뚫고 여기까지 오려면 짧게 잡아도 20분은 걸릴 거예요. 그 시간이면 이미 모두 도망칠 겁니다."

윤수련 검사가 고개를 저었다.

"안 돼. 위험해."

그녀가 핸드폰을 꺼내기 위해 주머니에 손을 가져갔다.

오래전에는 시장 상인들이 사용하던 창고였다.

하지만 지금은 김성호의 패거리가 사용하고 있었다.

햇빛도 제대로 들어오지 않은 공간은 어두웠다.

틈 사이로 들어온 빛이 자욱한 먼지를 드러냈다.

문틈 사이로 연석과 윤수련 검사를 지켜보던 짧은 머리의 남자가 김성호에게 말했다.

"들어올 생각을 안 하고 있습니다."

창고 한편에 쌓아 놓은 박스 위에 앉아 있던 김성호가 물었다.

"그럼 뭐 하고 있어?"

"전화기를 찾고 있습니다. 지원 요청을 할 모양입니다."

김성호가 피식 웃었다.

그리고 주머니에서 핸드폰 두 개를 꺼내 들었다.

연석과 윤수련 검사의 핸드폰이었다.

김성호는 시장길에서 몸을 부딪히던 순간 두 사람의 핸드폰을 소매치기해 버렸다.

김성호가 즐거운 표정으로 입을 열었다.

"잡아 와."

짧은 머리 남자가 고개를 끄덕였다.

"알겠습니다. 잡아 오겠습니다."

짧은 머리 남자가 문을 열고 밖으로 나갔다.

갑자기 환한 빛이 창고 안으로 쏟아져 들어왔다.

벽에 바짝 몸을 기대고 숨어 있는 자들이 스무 명은 족히 되어 보였다.

다시 스르륵.

문이 닫히며 스무 명은 되어 보이는 사람들은 어둠 속에 사라졌다.

박스에 앉아 있던 김성호가 엉덩이를 떼고 일어서며 옆에 서 있던 큰 덩치의 남자에게 말했다.

"일 끝나면 전화해. 다음에 어떻게 해야 할지 알려 줄 테니까."

어게인
마이라이프
SEASON2

덩치가 고개를 숙였다.

"알겠습니다."

"고생 좀 해."

김성호가 빙긋이 미소 지으며 반대편에 있는 문을 향해 걸어갔다.

그가 여기서 실랑이를 하고 있을 시간은 없었다.

그는 어서 조직도, 원정 매춘을 보냈던 여자들에 대한 장부 등을 처리해야 했다.

하지만 그의 걸음은 몇 발자국 더 움직이지 못하고 멈춰섰다.

'쾅!' 하고 문이 부서지는 소리와 함께 처음 나갔던 짧은 머리의 남자가 데굴데굴 굴러들어 왔기 때문이다.

김성호는 고개를 돌려 쓰러져 있는 남자를 바라봤다.

짧은 시간이었지만 남자의 얼굴은 이미 참혹해져 있었다.

김성호의 시선이 문으로 향했다.

문에는 연석이 서 있었다.

연석이 김성호를 보며 말했다.

"편히 잡혀 줬으면 좋겠는데."

김성호가 물었다.

"넌 누구지? 수사관인가?"

연석이 볼을 긁적이며 말했다.

"글쎄, 지나가던 사람이라고 해야 하나?"

연석의 말에 김성호의 입꼬리가 비틀어진 미소를 그려 냈다.

김성호가 낮은 목소리로 입을 열었다.

"죽여."

벽에 붙어 숨어 있던 사내들이 연석을 향해 달려들었다.

윤수련 검사는 시장에 있었다.

그녀의 눈빛은 몹시 초조했다.

그녀는 지나가는 사람을 잡고 자신의 신분증을 꺼내 보였다.

"도와주세요."

하지만 누구도 콧방귀조차 뀌지 않았다.

오히려 윤수련 검사를 이상하게 보고 지나칠 뿐이었다.

윤수련 검사는 이제 도움을 요청하는 것은 포기했다.

그녀가 한 여자에게 신분증을 보이며 말했다.

"검찰입니다. 죄송한데 핸드폰 좀 빌릴 수 있을까요?"

"네? 네."

여자가 핸드폰을 꺼내 윤수련 검사에게 건넸다.

윤수련 검사는 경찰에 연락해 지원 요청을 한 후 서둘러 희우의 핸드폰 번호를 눌렀다.

희우의 사무실은 이곳에서 멀지 않다.

근처에 희우가 있기를 바라며 그녀는 통화 버튼을 꾹 눌렀다.

－네, 김희우입니다.

"윤수련이에요. 여기가 어디냐 하면요."

윤수련 검사는 희우에게 위치를 알린 후 전화를 끊었다.

희우와 계속 전화하고 앉아 있을 시간은 없었다.

그녀는 핸드폰을 주인에게 돌려준 후 다시 창고를 향해 뛰
었다.

희우는 사무실을 벗어나고 있었다.

뒤에서 서도웅의 목소리가 들려왔다.

"의원님, 어디 가세요?"

희우는 서도웅에게 말할 겨를도 없이 사무실을 빠져나가
고 있었다.

희우는 굳은 표정으로 빠르게 계단을 내려가 주차장으로
달려갔다.

잠시 후, 희우의 차량이 굉음을 울리며 주차장을 빠져나갔다.

핸들을 잡은 희우의 표정은 딱딱하게 굳어 있었다.

몹시 불안했다.

희우의 머릿속은 과거와 현재를 오가고 있었다.

이전의 삶, 연석은 시골 군소 조직의 해결사 역할을 하다
가 서울로 올라왔다.

시골에서는 꽤 주먹을 쓴다고 인정받았지만 서울에서는 아니었다.

자신만만하던 그는 크게 깨지고 밑바닥부터 준비해 갔다.

그리고 전국 최고의 주먹 중 하나로 이름을 떨쳤었다.

희우의 미간이 일그러졌다.

"달라진 게 없잖아? 젠장! 왜 생각을 못 했지?"

희우의 눈이 벌겋게 충혈되었다.

현재와 비교해 봤을 때, 연석의 삶이 크게 달라진 부분이 보이지 않았다.

대학생의 생활을 영위하고 있지만 연석의 인생에서 굵직한 부분은 이전의 삶과 똑같이 흘러가고 있었다.

우선, 시골에서 주먹을 꽤 썼던 연석이지만 검은 양복과 싸워 며칠간 의식을 잃을 정도로 크게 깨졌다는 것.

그리고 이전의 삶에서 연석이 전국 최고의 주먹으로 소문이 나던 때가 지금의 시기였다.

그때 연석은 스무 명 정도의 폭력배와 혼자 싸웠다. 그리고 그 싸움에서 여섯 명을 죽였다.

이번에도 스무 명 정도의 사람이 있다고 윤수련 검사에게 들었다.

희우의 입에서 깊은 한숨이 흘렀다.

"아닐 거야. 아닐 거야."

희우는 연석에게 새로운 삶을 준다고 생각했는데, 운명이라는 이름의 수레바퀴는 똑같은 인생을 선물해 주고 있었다.

막아야 했다.

희우는 더욱 강하게 액셀러레이터를 밟았다.

꿈꿈꿈

시장 입구에 희우의 차가 멈춰 섰다.

희우는 길거리에 차를 세운 후 시장 길을 따라 달리기 시
작했다.

윤수련 검사가 말한 코너가 눈에 들어왔다.

그 코너를 따라 골목을 벗어나니 인적이 없는 공터가 나왔다.

그리고 창고가 보였다.

희우는 작게 한숨을 내쉬며 창고로 향했다.

창고와 가까워졌지만 큰 소리가 들려오지 않는 걸 보니 싸
움은 끝난 상황이었다.

희우는 문 앞에 섰다.

하지만 섣불리 문을 열지 못했다.

만약 연석이 사람을 죽였다면 어떤 눈으로 그를 바라봐야
할지 자신이 없었다.

희우는 작게 숨을 내쉬었다.

두려웠지만 여기서 더 머뭇거리고 있을 시간은 없었다.

그는 손을 움직여 문을 열었다.

끼이이익.

문이 열리는 소리가 들려왔다.

그리고 사방에 쓰러져 있는 사람들이 눈에 보였다.

처참한 광경이었다.

땅에 쓰러져 고통으로 가득한 신음을 흘리는 사람들, 사방에 나뒹구는 각목과 낫 그리고 도끼 등이 널브러져 있었다.

하지만 희우는 그들에게 시선을 오래 두지 않았다.

오로지 연석을 찾았다.

희우의 눈에 구석에 앉아 있는 연석이 들어왔다.

희우가 그를 향해 다가갔다.

바로 앞에 섰지만 연석은 고개를 들지 않았다.

벽에 등을 기대고 고개를 숙인 채 땅만 바라보고 있었다.

희우가 입을 열었다.

"연석아."

희우의 목소리에 연석이 고개를 들었다.

연석의 눈이 멍했다.

희우는 연석의 상태를 살폈다.

연석의 몰골도 말이 아니었다.

입술과 눈은 부어올랐고 옷은 모두 찢어져 있었다.

피가 맺혀 있지 않은 곳이 없었다.

연석이 부어터진 입술을 열었다.

"검사님."

지금도 연석은 가끔 희우를 보며 검사라 부르고 있었다.

희우가 고개를 끄덕였다.

연석이 입술을 달싹였다.

"저, 사람을 죽일 뻔했어요."

"뭐?"

연석은 더 이상 말하지 않고 고개를 숙였다.

그의 표정과 달리 희우의 입에는 미소가 걸리고 있었다.

죽일 뻔했다는 말은 죽이지는 않았다는 뜻이다.

그건 빌어먹을 운명이 바뀌었다는 거다.

그때 희우의 뒤에서 윤수련 검사의 목소리가 들렸다.

"연석이 경찰 시키면 안 되겠어요."

희우가 고개를 돌려 윤수련 검사를 바라봤다.

그녀의 뺨은 시커멓게 멍이 올라 있었다.

부어오른 정도로 따진다면 쉽게 알아보기 힘든 얼굴이 되었다.

하지만 그녀는 자신의 얼굴은 상관하지 않는 모양이었다.

그녀가 말했다.

"눈이 돌아가서 김성호를 때리는데 저도 무서웠다니까요. 저 성질머리로 무슨 경찰을 해요? 폭력 경찰이라는 타이틀만 얻겠네요."

연석이 힘없이 고개를 들었다.

"그놈이 윤수련 검사님을 때렸잖아요."

"그렇다고 사람을 그렇게 때리냐? 내가 말리지 않았으면 어쩔 뻔했어?"

연석은 말없이 윤수련 검사를 바라봤다. 윤수련 검사는 연석을 째려보고 있었다.

희우는 두 사람을 바라보다가 크게 웃었다.

연석의 운명이 바뀐 것은 옆에 윤수련 검사가 있었기 때문이다.

희우가 한참을 크게 웃자 두 사람의 시선이 희우에게 향했다.

그들은 희우가 왜 웃고 있는지 알 수 없었다.

Chapter 4

희우는 김성호의 앞에 있었다.

연석에게 많이 맞아서인지 김성호의 얼굴은 처참했다.

희우가 눈을 마주치기 위해 그의 앞에 한쪽 무릎을 굽히고 앉았다.

"김성호?"

김성호가 부어오른 눈을 힘겹게 뜨며 희우를 바라봤다. 그의 입에서는 쌔액 쌔액 고통을 참는 소리만 들려왔다.

희우가 입을 열었다.

"말은 할 수 있겠어? 지금이 아니면 편하게 대화할 시간이 없을 것 같아서 그런데."

"……."

상대는 대답하지 않았다. 그저 물끄러미 희우를 바라볼 뿐이었다.

희우가 말했다.

"조진석을 알고 있지?"

"……."

예상했던 대로 표정의 변화는 없었다. 조진석을 노리고 조사가 들어왔다는 것 정도는 예상하는 것 같았다.

희우가 다시 입을 열었다.

"그럼 한상제 변호사는 알고 있나?"

역시 표정의 변화는 없었다.

희우의 옆으로 윤수련 검사가 다가왔다.

"김희우 의원님, 지금 당장 입을 열지 않을 것 같아요. 알아내야 할 정보가 있으면 제게 말해 주세요."

윤수련 검사의 말에 희우가 천천히 고개를 끄덕였다.

"알겠습니다. 이놈의 상태도 좋아 보이지 않고 검사님 말씀을 따르는 편이 더 좋겠네요."

희우가 천천히 몸을 일으켰다.

그 모습을 보며 윤수련 검사는 몸을 돌려 연석에게로 향했다.

희우는 아직 몸을 일으키는 중이었다. 그는 눈동자만 움직여 힐끔 뒤를 확인했다.

윤수련 검사와의 거리는 조금 떨어진 상태였다.

작게 말한다면 윤수련 검사가 들을 수 없을 정도의 거리다.

어게인
마이라이프
SEASON 2

희우의 시선이 다시 김성호에게 향했다. 그리고 그가 낮은 목소리로 말했다.

"너, 천유성 대표와 손잡고 있지?"

"……!"

희우의 입꼬리가 말려 올라갔다.

"다 알고 있으니까 솔직히 말해."

김성호의 눈빛이 처음으로 변하고 있었다.

둘 곳을 찾지 못해 심하게 떨리는 중이다.

그의 표정을 살피며 희우가 말했다.

"네가 천유성 대표와 손잡았다는 걸 조진석이 알면 어떻게 될까?"

"…… ."

"네가 살 수 있을까?"

김성호의 입에서 꿀꺽 침이 넘어가는 소리가 들렸다.

희우가 김성호의 어깨를 툭툭 치며 말했다.

"내가 알기로 조진석은 네가 교도소에 있다고 해도 죽일 수 있는 능력을 가지고 있는 것 같은데. 너도 그렇게 생각하지?"

희우는 김성호의 품을 뒤져 담배를 꺼냈다.

그리고 김성호의 입에 물린 후, 라이터로 불을 붙여 주며 작은 목소리로 말을 이었다.

"나를 돕는다면 네 안전은 보장할 수 있어. 교도소에 가더라도 네 안전에 대한 건 약속 지키지."

김성호의 부어오른 눈꺼풀 속에서 눈동자가 움직였다.

그 눈동자가 향하는 곳은 희우다.

희우가 더 나직한 목소리로 말을 이었다.

"네가 할 수 있는 건 끄덕이는 거야. 어차피 배신한 상대 잖아? 되지도 않는 의리 지키려고 하지 마."

김성호의 부어오른 입술이 움직였다.

"제, 제가 무엇을 해야 하죠?"

"조진석의 조직을 완전히 없앨 거야. 그걸 도와줬으면 해."

"……!"

"'나중에 내가 출소했을 때 조직이 없으면 어떻게 하지?' 같은 고민은 하지 마. 말했듯이 네가 돕지 않으면 난 네가 천 유성과 손잡고 있다는 걸 조진석에게 말할 거니까."

김성호의 입에서 담배 연기가 힘없이 흘러나왔다.

희우가 계속 말했다.

"네가 돌아갈 곳은 없어. 그럴 바에는 없애 버리는 게 좋 지 않아? 목숨은 중요한 거야."

김성호가 침을 꿀꺽 삼켰다.

희우가 살짝 웃으며 말했다.

"생각하지 말고 끄덕거려. 지금 네가 할 수 있는 일은 끄 덕거리는 거야."

김성호는 눈을 감았다. 그리고 고개를 끄덕였다.

희우의 입꼬리에 비릿한 미소가 걸렸다.

"잘 생각했어. 그럼 우선 너희 조직도를 어디에 숨겨 뒀는지 말해."

"시장 중앙에 있는 세탁소에 가면 됩니다."

희우가 시선을 돌려 윤수련을 바라봤다.

"윤수련 검사님, 시장 중앙 세탁소에 이놈들의 조직도와 자료가 있는 모양입니다."

윤수련에게 말을 끝낸 후, 희우의 시선은 다시 김성호에게 향했다.

사실 조직도의 확보는 김성호가 잡힌 이상 시간이 걸릴 뿐이지, 어차피 손에 들어올 물건이었다.

그런데도 굳이 조직도를 물어본 이유는 김성호가 조진석에게 등을 돌렸는지 알아보기 위해서였다.

이제 조진석은 넘어갔다.

다음은 천유성이었다.

희우가 김성호에게 말했다.

"네가 잡히면 천유성은 너와 연결된 끈을 모두 버릴 거야. 알고 있지?"

"……."

"넌 그 끈을 버리지 마. 끝까지 잡고 천유성을 지옥으로 끌어들여."

김성호의 눈이 떨려 오고 있었다.

희우가 살짝 웃으며 말했다.

"네 죄를 천유성과 조진석에게 넘기면 형량을 좀 덜 수 있
을 거야."

김성호가 긴장된 침을 꿀꺽 삼켰다.

그를 보며 희우가 피식 웃었다.

"그 시기는 내가 정해 주지. 그때까진 입을 꽉 다물고 있
도록 해."

김성호가 고개를 끄덕였다.

"네, 알겠습니다."

멀리 사이렌 소리가 들려오고 있었다.

대학 병원.

복도를 달리는 남자가 있었다.

상만이었다.

병실을 향해 달려가던 그는 이제 코너 하나만을 남겨 두고
있었다.

저 코너를 돌면 연석이 있는 병실이 나온다.

코너를 돌자 병실 문 앞에 희우가 서 있었다.

"사장님!"

희우의 표정이 좋지 않았다.

상만이 희우를 보고 걸음을 멈칫거렸다.

희우가 무거운 한숨을 내쉬며 고개를 저었다.

상만의 눈동자가 떨려 왔다.

"사장님, 아니죠? 지난번처럼 거짓말하는 거죠?"

지난번에 연석이 검은 양복에게 당해 입원했을 때, 희우는 지금과 같은 장난을 쳤었다.

상만은 울먹거리는 눈으로 이번에도 그런 장난이냐고 묻고 있었다.

희우가 고개를 끄덕였다.

"응, 맞아. 지난번처럼 거짓말하는 거야."

"네?"

희우가 슬쩍 웃으며 문에서 등을 떼고 한 발 앞으로 나와 걸었다.

"들어가 봐. 편히 자고 있을 거야."

잠시 후.

연석은 침대에 앉아 눈을 깜빡이고 있었다.

분명 면회를 와 준 것은 좋았다.

하지만 상만은 처음에 '아프냐?', '괜찮냐?' 같은 질문만 짧게 한 후 더 이상 연석을 신경 쓰지 않고 있었다.

오랜만에 한자리에 모인 두 사람이다.

희우와 상만은 쉬지 않고 일 이야기만 하고 있었다.

연석은 물끄러미 두 사람을 바라봤다.

사실 연석에겐 이런 분위기가 나쁘지 않았다.

희우나 상만이나 연석에게는 누구보다 소중한 존재이기 때문이다.

희우가 상만에게 물었다.

"회사 분위기는 어때?"

"엉망이죠. 아무래도 천하민 대표가 구속돼서 재판에 넘겨질 위기에 처해 있잖아요."

희우가 고개를 끄덕였다.

"믿을 만한 사람은 좀 있어? 그룹 서열에서 떨어져 있고 천하민이나 천호령 회장의 경영에 반발심이 있는 사람들."

상만이 고개를 끄덕였다.

"네, 몇 명 찾아보기는 했어요."

"그 사람들로 해서 제왕 화학의 계열 분리를 생각해 볼 수 있겠어?"

"아뇨, 무리죠. 그룹에서 얼마나 난리를 치겠어요."

"그걸 원하는 거야."

"난리 치는 걸요?"

희우가 고개를 끄덕였다.

"제왕 그룹은 조만간 정신이 없어질 거야. 그때 제왕 화학이 분위기 파악 못하고 난리를 피우면 어떨 것 같아?"

"짜증 나겠죠."

희우가 슬쩍 웃었다.

"그래, 진행하도록 해."

가만히 희우를 보던 상만이 고개를 끄덕였다.

"그러니까 정말 계열 분리할 생각이 아니라 짜증을 유발하라는 거죠?"

"분리해서 네 손에 완벽히 쥐면 좋은 거고. 그게 아니더라도 나쁠 건 없으니까 추진해."

상만이 고개를 끄덕였다.

"알겠습니다."

희우가 다시 입을 열었다.

"그리고 할 수 있다면 제왕 호텔까지 네 손에 넣을 수 있을지 계산기를 두들겨 봐."

"⋯⋯!"

계열 분리를 이야기했을 때만 해도 상만의 표정엔 변화가 없었다. 하지만 제왕 호텔을 손에 넣으라는 말에는 미간이 찌푸려졌다.

상만이 머리를 긁적이며 말했다.

"그건 어려울 것 같아요."

"시도해 보는 것도?"

상만이 고개를 끄덕였다.

"네, 시도도 어려울 거예요. 제왕 호텔은 제왕 그룹의 한 뿌리 중 하나잖아요. 제가 그걸 손에 쥐려 하면 분명히 배신자가 나올 거예요. 천호령 회장에게 달려가 양심선언을 하는 대신 한자리를 보장받을 수 있을 테니까요."

희우가 이해했다는 고개를 끄덕였다.

성공 가능성이 희박한 상만과 손잡고 있기보다는 천호령 회
장에게 꼬리를 흔드는 편이 확률적으로 더 높은 건 당연했다.

잠시 생각에 빠졌던 희우가 입을 열었다.

"좋아. 알았어."

"그럼 안 하는 건가요?"

"아니, 내가 안 한다는 말은 안 했잖아? 너와 함께 일할 사
람들 명단을 빼서 도웅이에게 전해 놓도록 해."

"……?"

"그럼 도웅이를 통해서 그 사람들을 탈탈 털어 볼게. 알
지? 그 정도 위치에 오른 사람 중에 털어서 먼지 안 나올 사
람은 없어."

상만이 어색하게 웃었다.

희우가 계속 말했다.

"사람은 제 몸에 있는 작은 흠을 덮기 위해서라면 더 큰
짓도 하는 법이야. 사람을 믿지 말고 그들이 저지른 죄를 믿
도록 하자."

"결국 천하 호텔을 공격하라는 말씀이시네요?"

희우는 조용히 미소 지었다. 그리고 낮은 목소리로 입을
열었다.

"천호령 회장은 걱정할 필요 없어. 자기 아들과 싸우느라
정작 너는 신경 쓰지도 못 할 거야."

"네? 그게 무슨 말씀이세요?"
희우는 빙긋이 미소를 그릴 뿐이었다.

다음 날.
이른 아침부터 대한민국은 시끄러웠다.
뉴스에선 김성호에 대한 이야기로 시작하고 있었다.

-매춘, 도박, 불법 사채 등 1천여 개가 넘는 불법 조직을 손에 쥐고 대한민국 지하 세계를 주름잡고 있던 인물이 있습니다. 영화 속의 이야기가 아니라 현실에서 일어난 일입니다. 검찰은 어제 오후 해당 조직의 2인자인 김성호를 검거했습니다.

쾅!
천호령 회장이 책상을 치는 소리가 시끄럽게 울렸다.
그의 붉게 충혈되어 부릅떠진 눈동자는 분노로 가득 채워졌다.
하지만 그럼에도 불구하고 뉴스는 계속되었다.

-검찰은 현재 김성호를 조사하여 해당 조직의 두목을 조속히 검거할 예정이라고 밝혔습니다.

천호령 회장이 핸드폰을 들어 조진석에게 전화를 걸었다.
"당장 달려와!"

천호령 회장의 자택으로 향하는 조진석의 표정은 심각했다.

그의 치아가 꽉 다물렸다.

정필승 지검장이 자신을 공격하려 한다는 이야기를 들었다. 그래서 김성호를 보냈는데, 하룻밤 사이에 일이 이렇게 되어 버릴 줄은 예상하지 못했다.

그의 입에서 무거운 한숨이 흘렀다.

어느새 그의 차량은 천호령 회장의 자택에 가까워지고 있었다.

여기까지 올 동안 조진석의 머릿속엔 아무것도 떠오르지 않았다. 그저 멍할 뿐이었다.

그리고 차량이 자택 안으로 미끄러져 들어갔다.

조진석이 모르는 게 있었다.

그가 천호령 회장의 집으로 들어가는 모습이 모두 카메라에 담기고 있다는 것이다.

길가에 세워진 차량.

그 안에 카메라를 들고 있는 민수가 보였다.

민수가 마지막 셔터를 누른 후 고개를 돌렸다.

그의 옆에는 희우가 앉아 있었다.

민수가 딱딱하게 굳은 표정으로 입을 열었다.

"어, 어쩌지?"

"왜요? 잘 찍지 않았어요?"

"그게 아니라 필름을 넣지 않았어."

민수의 눈동자가 떨려 왔다. 하지만 희우는 대수롭지 않게 말했다.

"디카잖아요."

"흘흘흘."

민수는 장난스럽게 웃으며 카메라 뒤편의 액정을 통해 방금 찍은 사진을 확인하며 말했다.

"차량 넘버 잘 나왔고. 이제 얼굴 찍을 차례네."

차량을 찍은 것이니 조진석의 모습은 없다.

게다가 짙은 선팅 탓에 얼굴을 확인할 수도 없었다.

나중에 들이밀 수 있는 증거는 자동차의 넘버뿐이다.

희우가 말했다.

"대포차겠죠? 아니면 다른 사람 명의거나?"

"그렇겠지."

민수는 차량의 소유주를 확인하기 위해 번호를 적어 어디론가 보냈다.

민수가 말했다.

"조금 있으면 연락 오겠지."

희우가 깍지를 끼고 쭉 기지개를 켜며 말했다.

"그럼 이제 제 차례네요. 다녀오겠습니다."

그 시각, 천호령 회장의 자택.

서재에는 조진석이 고개를 숙이고 있었다.

천호령 회장의 미간은 있는 대로 찌푸려져 있었다.

"지금 상황이 어떤지 알고 있어?"

"죄송합니다."

조진석이 할 수 있는 말은 '죄송합니다.'라는 말뿐이었다.

하지만 천호령 회장의 목소리에 서린 분노는 사라지지 않았다.

천호령 회장이 낮은 목소리로 말했다.

"자칫하면 평생을 준비해 온 일이 무너질 수도 있어."

조진석이 고개를 숙였다.

"죄송합니다. 최대한 빨리 수습하도록 하겠습니다."

천호령 회장이 고개를 저었다.

"아니, 됐어. 수습할 필요 없어."

"……!"

"일을 앞당기도록 하지."

대통령 아들에 대한 테러를 앞당기자는 말이다.

조진석이 고개를 저었다.

"회, 회장님, 일정을 당기면 그만큼 변수가 많아지게 됩니다. 김성호에 대한 일은 제가 최대한 막아 보겠습니다."

조진석의 표정은 간절했다.

천호령 회장의 입꼬리가 말려 올라갔다.

"막을 수 있다고 봐?"

"……!"

"터지기 전이었다면 모를까, 이미 언론에 터진 일이야. 지금 해야 할 일은 자네가 들어가기 전에 계획을 실행하는 거야."

"…….."

조진석의 눈에 긴장감이 서렸다.

천호령 회장이 그의 눈을 가만히 바라봤다. 그리고 지금까지의 분노가 가득찼던 목소리가 아닌 진중한 말투로 입을 열었다.

"조진석 실장."

"네, 회장님."

조진석이 고개를 숙였다.

"구속되기 전에 일을 마무리해."

"……!"

"계획이 성공하고 새 시대가 오면 아무도 모르게 자네를 빼 줄 수 있을 거야. 감옥에서 자네 하나 나온다는데 누가 뭐라고 하겠나?"

조진석이 더욱 깊이 고개를 숙였다.

"네, 알겠습니다."

"자네가 없으면 조직이 살아남는 건 힘들 거야. 무리하지 말고 웬만한 것은 검찰에게 넘겨줘."

"알겠습니다."

"그리고 검찰의 손이 닿지 않는 알맹이 꽉 찬 몇 곳을 잡아 호흡기를 매달아 두도록 해."

"알겠습니다."

"인간 백정 몇 놈은 잘 숨겨 둬. 내가 혹시 필요한 일이 있으면 사용해야 하니까."

"알겠습니다."

조진석은 '알겠습니다.'라는 대답만 이어 갔다.

천호령 회장이 빙긋이 미소를 그리며 자리에서 일어섰다.

그리고 조진석에게 다가가 그의 어깨를 토닥이며 말했다.

"잠시 들어가 있도록 해. 법정에서 나오는 결과는 신경 쓰지 않아도 돼. 이번 일이 성공하면 1년 안에 빼 줄 테니까."

두 사람은 그렇게 짧은 이별을 생각하며 각자의 업무를 마무리하고 있었다.

말은 이렇게 하고 있지만 언제 다시 만날지는 알 수 없었다. 천호령 회장의 계획이 1년 안에 성공할 수 있을지 미지수였기 때문이다.

그리고 천호령 회장이 계속해서 살아 있을 수 있을지도 미지수였다.

하지만 조진석에게 지금 믿을 수 있는 건 천호령 회장뿐이었다.

조진석은 책상에서 몇 발자국 뒤로 물러섰다.

그리고 천호령 회장을 향해 큰절을 올렸다.

"건강하십시오!"

그런 조진석을 바라보는 천호령 회장의 입술엔 비릿한 미소가 걸려 있었다.

잠시 후, 조진석이 떠났다.

서재에는 천호령 회장 홀로 남아 있었다.

천호령 회장은 입꼬리를 더욱 짙게 말아 올렸다.

"어쩌면 더 잘된 일이야."

이제 조진석은 살기 위해 애쓸 거다.

김성호가 잡힌 이상 그는 당연히 감옥에 갈 가능성이 컸다.

조진석이 감옥에서 빠져나올 방법은 단 하나, 천호령 회장의 계획이 성공하는 것이었다.

대통령이 독재를 시작하고 경제의 모든 권한을 천호령 회장이 손에 쥐는 것.

그러면 조진석은 나올 수 있다.

조진석의 차량이 천호령 회장의 자택에서 빠져나왔다.

하지만 멀리 가지 못하고 멈춰 섰다.

차량의 앞으로 희우가 서 있었기 때문이다.

조진석이 미간을 찌푸린 채 차에서 내렸다.

"무슨 일이죠?"

"무슨 일이긴요. 기다렸습니다."

"기다렸다고요? 나를?"

희우가 고개를 끄덕였다.

"이곳에 오실 줄 알았습니다. 몇 가지 이야기하고 싶은 게 있었거든요."

"……"

희우가 주변을 둘러보며 말했다.

"여기서 이야기하기는 좀 그런데요. 다른 곳으로 이동할 수 있을까요?"

조진석이 가만히 희우의 눈을 바라봤다.

그리고 고개를 끄덕였다.

"타세요."

잠시 후, 희우와 조진석은 멀지 않은 전통 찻집에 앉아 있 었다.

조진석이 물었다.

"무슨 일입니까?"

희우가 미소 지으며 말했다.

"김성호가 잡혔다는 뉴스로 어수선하네요. 김성호가 붙어 있는 조직이 조진석 실장님의 조직 맞죠?"

조진석은 대답하지 않았다.

그의 표정엔 불편한 심기가 가득할 뿐이었다.

희우는 상관하지 않고 계속 말했다.

"김성호가 누구와 손잡았는지 아십니까?"

"손을 잡아요?"

희우가 고개를 끄덕였다.

"모르셨어요? 김성호는 천유성 대표와 손잡고 있습니다."

까득! 조진석의 치아가 부딪히는 소리가 들렸다.

잠시 조진석은 아무 말도 하지 않았다.

화를 식히고 있을 뿐이었다.

조진석이 떨리는 목소리로 물었다.

"지, 지금 그게 사실입니까?"

희우는 핸드폰을 꺼내 동영상 하나를 보였다.

그것은 김성호가 제왕 백화점의 지하 주차장에 있는 직원 전용 문에서 나오고 있는 동영상이었다.

"이 문 안으로 들어가면 대표이사실로 바로 갈 수 있는 엘리베이터가 있는 건 아시죠?"

조진석의 눈동자가 떨려 오고 있었다.

"그럼 김성호가 잡혀 들어간 게 나를 엮기 위해서입니까?"

"글쎄요. 일단 조진석 실장님이 들어가면 김성호에게 집중되어 있던 시선은 조용해지겠네요. 천유성 대표의 힘이라면 조용해진 시점에 김성호의 형량을 줄일 수도 있을 테고요."

희우는 조진석의 조직을 와해시키기 위해 김성호가 일부러 잡힌 것처럼 이야기를 이어 가고 있었다.

평소라면 콧방귀도 끼지 않을 말도 안 되는 음모론이다.

하지만 지금 조진석은 벼랑 끝으로 몰리고 있었다.

그에게 온전한 판단을 할 정신은 남아 있지 않았다.

조진석의 입에서 무거운 한숨이 흘렀다.

"내게 왜 이런 이야기를 해 주는 겁니까?"

희우가 어깨를 으쓱해 보였다.

"이유가 어디 있겠습니까?"

잠시 후, 희우는 조진석과 헤어졌다.

조진석의 차량이 떠나는 걸 확인한 희우는 몸을 돌려 주차장 한편에 있는 자동차로 걸어갔다.

차에는 민수가 앉아 있었다.

희우가 조수석에 앉자 민수가 카메라를 건넸다.

"잘 찍혔지?"

카메라엔 차량에 타고 내리는 조진석의 모습이 담겨 있었다.

희우가 사진을 넘기며 고개를 끄덕였다.

"네, 잘 찍혔네요."

이제 자동차의 번호뿐만 아니라 그 안에 조진석이 타고 있었다는 것도 주장할 수 있게 되었다.

민수가 말했다.

"조진석과 천호령 회장이 내통하고 있었다는 혐의가 생겼네."

희우가 민수에게 카메라를 넘기며 물었다.

"조진석에 대한 영장 신청은 언제 할 건가요? 최대한 빨리 서두르지 않으면 증거를 지우고 다닐 텐데요."

"아까 윤수련 검사에게 물어보니까 내일이나 모레쯤엔 나올 것 같다고 하던데? 김성호가 뭔가 숨기고 있는데, 말을 하지 않나 봐. 그것만 찾아내면 빠르게 움직일 거래."

"숨기고 있는 거요?"

～～

조진석은 차를 타고 이동하며 천호령 회장에게 전화하고 있었다.

"회장님, 김성호가 잡힌 이유를 알았습니다."

―이유? 이유가 있다고?

"정필승 지검장이 갑자기 나선 것이나 김성호가 갑자기 시위대를 이탈해서 사업장으로 가겠다고 했던 것이나 의아했던 부분이 모두 해소되었습니다."

조진석의 말이 끝나자 천호령 회장의 불편한 심기가 가득

담긴 목소리가 흘러나왔다.

-이유가 뭐야?

"천유성 대표 때문입니다."

-······!

수화기 너머 천호령 회장은 아무 말도 하지 못했다.

조진석이 한숨을 내쉬며 입을 열었다.

"조심하십시오, 회장님."

천호령 회장의 자택.

"천유성이라고?"

끊긴 전화를 바라보던 천호령 회장은 입에선 실소가 흘러 나오고 있었다.

해야 할 일이 있고, 하지 말아야 할 일이 있다.

조진석의 말이 맞는다면 천유성 대표는 건널 수 없는 강을 건넌 거다.

천호령 회장이 한평생 준비해서 만든 조진석의 조직을 천유성이 단 한순간의 욕심으로 없앤 것이나 마찬가지이기 때문이다.

천호령 회장이 고개를 저었다.

조진석의 말을 모두 믿을 수는 없었다.

이럴 땐 알아보는 게 우선이다.

천호령 회장이 핸드폰을 들어 천유성 대표에게 전화를 걸었다.

"이리로 와."

제왕 백화점.

천유성 대표는 의아한 눈으로 핸드폰을 바라봤다.

앞에 앉아 있던 진규학 의원이 천유성 대표에게 물었다.

"회장님이 뭐라 말씀하십니까?"

"집으로 오라는데, 목소리를 들어 보면 몹시 화가 나신 모양입니다."

진규학 의원이 슬쩍 웃었다.

"조진석 때문이 아니겠습니까? 검찰이 김성호를 잡아가면서 조진석의 조직까지 흔들리고 있으니까요."

천유성 대표가 고개를 끄덕였다.

"저도 그렇게 생각은 합니다. 하지만……."

아무래도 천호령 회장의 목소리가 마음에 걸렸다.

하지만 일단 그 목소리는 뒤로 생각하기로 했다.

천유성 대표가 진규학 의원을 보며 물었다.

"정치권은 어떻습니까? 제가 그룹을 차질 없이 물려받으려면 아무래도 정치권의 도움이 필요한데요."

진규학 의원이 고개를 끄덕였다.

"정치권은 걱정하지 마십시오. 천유성 대표님이 후계에 오른다면 다들 쌍수를 들고 환영할 겁니다. 세금 문제나 다른 법안도 준비해 놓고 있으니까 염려하실 필요는 없습니다."

천하민 대표와 후계 구도에서 각축을 벌였던 천하민 대표의 구속이 거의 확실시되고 있었다.

구속된다고 해서 전부 실형을 사는 것은 아니지만 그만큼 자리의 공백이 생길 수밖에 없다.

천하민 대표는 그 틈을 비집고 들어가 후계 자리에 대한 지분과 천호령 회장의 의사 등 모든 것을 확실히 결정지을 생각이었다.

진규학 의원이 찻잔을 들며 말했다.

"아, 그런데 이상한 게 하나 있습니다."

"이상한 거요?"

"신경 쓸 만한 일은 아니고요. 황진용 의원이 대통령 선거에 나설 수 있는 연령 제한을 풀고 있어요."

"……?"

"정말 웃기는 일 아닙니까? 어린 놈들이 대선에 출마하면 나라가 어떤 꼴이 나겠어요? 황진용 의원은 역사를 잊은 분입니다. 조선 시대에 어린 나이의 임금이 중국의 사신으로 가야 할 중요한 자리에 자기 친구를 보낸 일이 있었어요. 그

친구도 어린 임금과 나이가 비슷했죠."

"……."

"대통령 선거가 인기 투표가 되어 가고 있는 마당에 어린 놈들까지 설치면 어떻게 될지 걱정됩니다."

천유성 대표가 슬쩍 웃었다.

진규학 의원은 다음 대선을 노리고 있었다. 그래서 대선에 관련된 말에는 민감하게 반응하고 있었다.

〜〜

그리고 그 시각.

한 여성이 차이나 레스토랑에 앉아 있었다.

그녀는 대통령의 아들이 만나고 다니는 룸살롱 아가씨였다.

이름은 손진하. 현재 대학생이다.

유학을 가고 싶다는 생각에 술집에서 일을 하다가 대통령 의 아들과 만났다.

그 뒤로 가게 일도 제쳐 놓고 자주 밖에서 만남을 가졌다.

이유는 간단하다. 대통령의 아들에게 받는 돈이 룸살롱에 서 손님을 접대하며 받는 돈보다 크기 때문이다.

그녀의 시선이 테이블을 바라봤다.

커다란 둥근 테이블에는 코스 요리가 보였다.

중국 음식이면 자장면이나 탕수육 정도만 생각했는데, 그게 아니었다.

처음 보는 음식이 가득했다.

똑똑똑.

문 두들기는 소리가 들렸다.

손진하는 문을 향해 시선을 이동했다.

삐걱 문이 열리고 웨이터가 들어왔다.

그녀의 앞으로 다가온 웨이터가 허리를 살짝 굽혀 인사를 한 뒤 핸드폰 하나와 편지 봉투 하나를 테이블에 올려 뒀다.

"맡겨 두신 핸드폰과 편지 봉투입니다."

그녀가 냅킨으로 입술을 닦으며 고개를 살짝 끄덕였다.

"고마워요."

"맛있는 식사 되십시오."

웨이터는 다시 허리를 굽혀 인사한 후 방을 빠져나갔다.

손진하는 물끄러미 핸드폰을 바라봤다.

요즘 쉽게 찾아보기 힘든 폴더폰이었다.

스무 살 남짓으로 보이는 손진하가 사용할 만한 물건은 아니다.

그녀의 입에서 짧은 한숨이 흘러나왔다.

그녀는 이 핸드폰의 정체를 알고 있다.

얼마 전, 가게에 택배로 왔던 핸드폰도 같은 기종이었다. 택배를 받은 그녀가 핸드폰을 손에 쥐자 전화가 걸려 왔었다.

들려온 것은 중후한 남성의 목소리였다.

그때부터 지금까지 계속해서 새로운, 하지만 같은 기종의 핸드폰이 어떤 방법으로든 배달되었다.

그리고 그녀는 핸드폰에서 흐르는 지시를 따르고 있었다.

그때 핸드폰이 진동을 울렸다.

그녀의 눈동자가 떨려 왔다.

그녀는 긴장된 표정으로 핸드폰을 들어 통화 버튼을 눌렀다.

"네."

─오늘 밤이야.

김석훈의 목소리였다. 하지만 그녀는 목소리의 주인공이 누구인지 알 수 없었다.

오늘이라는 말에 그녀의 눈동자는 더욱 떨려 오기 시작했다.

"오, 오늘이라고요?"

─그래, 조금 이따가 깡패 새끼에게 연락이 올 거야. 일단 식사를 다 하면 이 번호로 다시 연락하도록 해.

김석훈이 말하는 깡패란 조진석을 의미하는 거였다.

그녀가 더듬더듬 말했다.

"다, 다 먹었어요."

아직 음식은 그대로였다.

하지만 밥이 넘어갈 리가 없었다.

김석훈이 말한 오늘은 대통령 아들에 대한 테러를 집행하는 날이기 때문이다.

말만 들어도 긴장되기 시작했다.

그녀가 긴장하고 있을 때, 김석훈의 목소리가 이어졌다.

-그럼 편지 봉투를 봐 봐.

손진하가 편지 봉투 안을 확인하자 열쇠가 보였다.

"열쇠가 있어요."

-지하철 캐비닛의 열쇠야. 지하철로 가서 캐비닛의 안을 확인하고 전화하도록 해.

그녀가 한숨을 내쉬며 고개를 끄덕였다.

손진하는 룸에서 나와 차이나 레스토랑을 벗어났다.

그녀가 향하는 곳은 가까운 역이었다.

역으로 향하는 그녀의 눈에는 초조함만이 가득했다.

하지만 그녀는 자신의 뒤를 김석훈이 조심스레 뒤쫓고 있다는 것은 몰랐다.

역에 들어와 캐비닛을 열었다.

위조 여권과 신분증, 그리고 카드가 보였다.

여권을 확인하던 그녀가 다시 김석훈에게 전화를 걸었다.

잠시 통화음이 이어졌다.

김석훈이 전화를 받자 그녀가 말했다.

"네, 안에 확인했어요."

-마음에 드나? 카드에는 1억이 들어 있어. 비밀번호는 자네의 생일로 해 뒀지. 깡패 새끼에게 받을 돈과 합치면 꽤 괜찮지 않나?

표면적으로 손진하는 조진석의 일을 돕기로도 되어 있었다.

김석훈이 계속 말했다.

－일을 끝내고 새벽 비행기로 바로 떠나도록 해.

그녀가 떨리는 목소리로 물었다.

"저, 저를 믿을 수 있나요?"

－믿을 수 있냐고?

"그렇잖아요. 제가 그 깡패, 그러니까 조진석이라는 분의 뜻대로 움직이면 어떻게 하려고 이런 걸 미리 주는 거죠? 원래 일이 끝나면 주는 거 아닌가요?"

수화기 너머에서 기분 나쁜 웃음소리가 한참 동안 이어졌다. 그러더니 뚝 끊겼다.

김석훈이 말했다.

－손진하, 네가 나를 뒤통수를 칠 수 있다고 생각해? 너 같은 여자의 특징을 난 잘 알고 있어. 넌 나를 배신하지 못해. 누가 무서운 사람인지 알고 있거든.

"……!"

－그러니까 쓸데없는 생각 하지 말고 일이나 잘 마친 후 미국 여행이나 잘 다녀오도록 해. 가서 원하는 영어도 좀 배우고 조용해진 후 돌아와.

그녀가 고개를 끄덕끄덕 움직였다. 하지만 그녀의 눈동자는 여전히 떨리고 있었다.

긴장한 거다.

그녀의 모습을 바라보던 김석훈의 입가에 잔인한 미소가

걸려 있었다.

김석훈이 말했다.

－그럼 다음으로 이동하지. 전철을 타고 바로 가도록.

"네, 네."

그녀의 겁먹은 목소리와 태도에 김석훈이 부드러운 말투로 말을 이었다.

－이봐, 겁먹을 필요 없어. 시위대 현장으로 가지 않는 게 더 다행 아닌가? 생각해 봐. 자네가 시위 현장으로 간다면 대통령의 아들내미만 다칠 것 같아?

"아뇨."

－그래, 자네도 폭력에 휩싸여서 다치고 말 거야. 차라리 나와 손잡는 편이 좋은 거지.

"알겠어요."

－계획이 끝나고 자네가 미국에서 내리면 통장에 1억을 더 넣어 주도록 하지.

약속한 금액에 두 배를 주는 것이었다.

그녀의 눈이 크게 떠졌다.

잠시 후, 손진하는 대통령의 아들과 자주 술을 마시는 바가 있는 건물 앞에 도착했다.

그녀가 주변을 두리번거릴 때, 그녀의 핸드폰이 울렸다.

이번엔 김석훈이 아니라 조진석이었다.

그녀가 긴장된 한숨을 내쉰 후 말했다.

"네, 차질 없이 할게요. 7시에 만나기로 했어요. 아마 그쪽으로 이동하는 시간은 11시쯤이 될 것 같은데요? 어렵지는 않을 거예요. 허세가 있는 사람이라 살짝 자극을 주면 먼저 하겠다고 나설 거니까요."

─대통령 아들의 경호원들은 우리가 처리하도록 하지.

"돈은 어떻게 줄 거죠?"

─걱정하지 마. 그런 푼돈 떼어 먹을 사람은 아니니까.

"그래도요. 절반이라도 먼저 받지 않으면 불안할 것 같아요."

쿡쿡쿡거리는 조진석의 목소리가 흘렀다.

─알았어. 우선 절반을 주도록 하지. 그런데 잘 알겠지만, 네가 돈만 받고 도망칠 경우엔……

그녀가 고개를 저었다.

"알고 있어요."

그녀는 조진석과의 전화를 끊었다.

기다렸다는 듯 다시 핸드폰이 울렸다.

이번엔 김석훈이다.

─깡패 놈과의 전화는 끝났나?

깡패는 조진석이다.

마치 지켜보고 있듯 이야기하는 김석훈의 목소리에 손진

하는 주변을 둘러봤다.

이곳은 번화가다.

많은 사람들이 오가고 있었다.

하지만 그들 중에서 의심 가는 사람은 보이지 않았다.

아니, 모두가 의심스럽게 느껴졌다.

김석훈이 말을 이었다.

─그럼 길을 따라 위로 올라가도록 해. 오늘 네가 움직여
야 할 경로야.

그녀는 김석훈의 말을 따라 길을 걷기 시작했다.

잠시 후, 일방통행. 즉, 한쪽으로만 다닐 수 있는 차도가
나왔다. 그녀는 좁은 인도 위에서 김석훈의 전화를 받으며
걷고 있었다.

김석훈이 말했다.

─바로 거기. 거기서 멈춰.

그녀는 걸음을 멈췄다.

코너가 끝나는 부분이다.

그녀가 주변을 두리번거렸다.

옆에는 나무와 풀숲밖에 보이지 않았다.

"여기요?"

─그래, 거기야. CCTV도 없는 곳이지. 그쯤 도착했을
때, 달려오는 차량이 보일 거야.

"그 차를 보고 밀면 되나요?"

-그래.

"그런데 그 차가 아니면요? 다른 사람이 운전하는 자동차면 어떻게 하죠?"

-그럴 리는 없으니까 걱정할 필요 없어. 넌 그냥 처음 보는 달려오는 차 앞으로 대통령의 아들을 밀면 되는 거야.

그녀는 한숨을 내쉬었다

그리고 주변을 둘러봤다.

전화기 너머에서 나오는 목소리는 그녀가 어디 있는지 정확히 알고 있다.

그건 지켜보고 있지 않다면 불가능한 일이다.

하지만 이번에도 그녀는 누구도 찾을 수 없었다.

그때 그녀의 옆으로 자동차 한 대가 스쳐 지나갔다.

도로였기에 차가 이동하는 건 이상한 일이 아니다.

그 차에는 김석훈이 미소를 그리며 앉아 있었다.

그 시각.

사무실에 앉아 있던 희우는 윤수련 검사의 전화를 받고 있었다.

-김성호를 조사했거든요.

"네, 새로운 거 있나요?"

―아뇨, 다른 건 없어요. 그런데 뭔가를 숨기고 있는 건 확실해요.

"숨기고 있다고요?"

―네, 분명히 무슨 범행 계획을 숨기고 있어요. 그런데 그걸 이야기하지 않는 건 만약을 위한 보험 같아요.

"보험요?"

희우는 손가락으로 책상을 톡톡 치며 생각에 빠졌다.

순간, 천유성이 희우의 시선을 다른 곳에 두려고 한 일이 떠올랐다. 그건 분명 김성호와 연관되어 있었다.

'천유성, 김성호.'

천유성 대표와 연관된 일이라면 김성호는 쉽게 입을 열지 않을 거다.

분명 희우에게 협조하겠다는 말은 했지만 사람은 언제나 도망갈 구멍을 마련해 두고 싶기 때문이다.

그리고 김성호는 지금 검찰에 있다.

검사가 아닌 희우가 그와 대화를 나누기는 어려웠다.

희우는 김성호에게서 알아내려는 걸 잠시 접어 뒀다.

그 대신 천유성 대표가 김성호를 끌어들인 상황에서 희우의 눈을 가리려 한 이유가 무엇일지 생각했다.

'도대체 무슨 일을 벌이려고…….'

희우의 생각이 조진석에서 멈췄다.

낮에 만났던 조진석은 뭔가 초조했다.

검찰에 끌려갈 것을 걱정하는 것 이상으로 큰 결심을 한 느낌이었다.

분명 뭔가 있다.

희우가 말했다.

"조진석을 쫓아야겠군요."

─조진석을요?

희우의 머리가 빠르게 돌아갔다.

천유성 대표가 희우에게 철저히 숨기려 한 이유는 어떻게든 조진석의 귀에 들어가는 걸 막으려 한 거다.

그 말은 조진석이 무엇인가를 하려 하고 천유성과 김성호는 그걸 막으려 하거나 반대되는 일을 하려 한다는 거다.

어쩌면 조진석에게 큰 약점을 만들어 손에 쥘 생각을 하고 있을지도 몰랐다.

희우가 말했다.

"조진석이 천호령 회장의 지시를 받았을 거예요. 분명 검찰에 잡혀가기 전에 해야 할 일이 있을 겁니다."

─해야 할 일요?

"빠르면 오늘, 늦어도 내일 안에는 사건이 터질 것 같습니다."

천호령 회장과 조진석이 정확히 어떤 일을 벌일 거라고는 예측할 수 없었다. 하지만 무슨 일이 벌어질 거라는 건 예상할 수 있었다.

희우가 계속 말했다.

"흥신소를 움직여서 제왕 백화점 주변에 박아 둬야겠네요. 천유성 대표가 어떻게 움직이는지 조진석을 잡아넣을 때까지는 확인하도록 하겠습니다."

윤수련 검사의 입에서 한숨이 흘렀다.

─알았어요. 저도 김성호에게 더 많은 걸 캐낼 수 있도록 할게요. 쉴 시간이 없겠네요.

희우는 윤수련 검사와 전화를 끊었다.

그리고 자리에서 일어나 사무실을 빠져나갔다.

주차장으로 내려온 희우는 운전석에 앉았다. 그리고 상만에게 전화를 걸었다.

"흥신소 돌려 줄 수 있지?"

─어디로 돌릴까요?

"제왕 백화점 대표 천유성, 그리고 진규학 의원."

─알겠습니다.

희우의 차량이 부드럽게 움직이기 시작했다.

주차장을 빠져나가며 희우는 가볍게 한숨을 내쉬었다.

천호령 회장과 조진석이 어떤 꿍꿍이를 숨기고 있는진 모른다.

하지만 막아야 했다.

어게인
마이라이프
SEASON 2

이유도 모르지만 막는다는 말이 이상하게 들릴 수도 있다.

하지만 가장 좋은 전략은 적이 하고 싶어 하는 일을 못하게 하는 것. 적이 싫어하는 일을 하는 것이다.

지금 희우는 그들이 하는 일을 사전에 막으려 하고 있었다.

그가 차를 타고 이동하고 있을 때, 김석훈에게 전화가 걸려 왔다.

"김희우입니다."

－오늘 밤에 시간이 있나? 술을 한잔하고 싶은데.

"아뇨, 오늘은 일이 조금 있네요."

희우와 전화를 끊은 김석훈은 가만히 전화기를 바라봤다.

'오늘 일이 있다?'

김희우도 뭔가 눈치를 챈 거다.

그의 손가락이 톡톡 테이블을 쳤다.

김희우가 들어왔다면 변수가 생길 수도 있다.

이번 일은 단 하나의 오류만 있어도 모든 걸 망칠 수 있는 일이다. 어쩌면 김석훈이 잡혀 들어갈 수도 있었다.

김석훈의 입가에 피식 미소가 걸렸다.

그럴 수는 없다.

감옥에 가는 것만큼은 막아야 했다.

김석훈이 다시 핸드폰을 들어 올렸다.

그의 전화는 정필승 지검장에게 향하고 있었다.

통화음이 채 두 번을 울리지 않았다.

정필승 지검장이 기다렸다는 듯 전화를 받았다.

-네, 김석훈 의원님.

"오늘 시간 되나?"

-됩니다. 무조건 됩니다. 하하하.

"그럼 밤에 술 한잔하지."

-네, 네. 알겠습니다. 몇 시쯤 괜찮으세요?

"시간은 좀 늦어도 괜찮겠나? 11시가 좀 넘어설 것 같은데."

-네, 기다리겠습니다.

김석훈은 전화를 끊고 자리에서 일어섰다.

굳이 술 마실 사람을 만드는 이유는 간단하다.

이번 사건에 발을 담근 이상 사건이 터지는 시간에 알리바이를 만드는 것은 필수였다.

김석훈은 성큼성큼 걸어 창가 아래를 내려다봤다.

오늘이다.

오늘 대한민국은 혼란의 시작에 들어설 거다.

그날 밤, 8시 30분.

김석훈은 천시현과 자주 가는 바에 앉아 있었다.

김석훈은 힐끔 시선을 뒤로 향했다.

그쪽에는 대통령의 아들과 룸살롱 아가씨인 손진하가 앉아 있었다.

대통령의 아들은 평소처럼 만취 상태가 되어 가고 있었다.

김석훈의 시선이 천시현에게 향했다.

천시현 역시 마찬가지로 만취가 되어 가고 있었다.

천시현이 술을 마시며 말했다.

"그거 알아요? 오늘 무척 위험한 일이 일어날 거예요."

그녀의 말에 김석훈이 빙긋이 미소를 그렸다.

"위험한 일이 일어난다는데 왜 그렇게 술을 마시고 있어? 적당히 마시는 게 어때?"

천시현이 고개를 저었다.

"그러니까 술을 먹죠. 이유가 뭐 있겠어요?"

"그렇지. 이유는 없지."

천시현이 술잔을 들어 입에 댔다.

그리고 빈잔을 테이블에 내려 둔다.

김석훈은 술병을 들어 그 빈 잔을 채웠다.

하지만 김석훈은 술을 마시지 않았다.

천시현의 빈 잔을 채울 뿐이었다.

그의 뒤에서도 마찬가지였다.

대통령의 아들만 술을 마시며 취해 가고 있었다.

대통령 아들의 이름은 오제호다.

오제호가 눈동자만 움직여 손진하를 바라봤다.

이미 눈동자는 취기를 이기지 못하고 흔들리고 있었다.

손진하가 그와 눈을 마주하며 최대한 다정스러운 목소리로 말했다.

"조금 이따가 술 좀 깨게 산책 좀 하면 안 될까?"

오제호가 크게 웃었다. 그리고 혀가 잔뜩 꼬인 목소리로 말했다.

"왜 안 돼? 다 돼. 산책도 하고 소풍도 가고. 좋지."

말을 하던 오제호의 입에 피식 미소가 걸렸다. 그리고 그가 게슴츠레한 눈으로 손진하를 바라보며 입을 열었다.

"그런데 나 하나 물어볼 게 있어."

"뭔데?"

"룸에서 일하잖아. 학비 번다고 했나?"

"응? 응."

손진하가 고개를 끄덕였고, 오제호는 여전히 게슴츠레한 눈으로 그녀를 바라봤다.

"그러니까 네가……."

하지만 오제호는 더 말을 이어 가지 않았다.

그가 고개를 저으며 말했다.

"아니다. 됐다."

"무슨 말 하려고 그러는 건데?"

오제호가 손을 내저었다.

"아냐, 아냐. 평민 가슴에 상처 줄 수는 없잖아. 하하하."

평민이라는 말은 가끔 하는 농담이다.

하지만 듣는 사람은 기분이 나쁠 수밖에 없었다.

손진하의 미간이 살짝 찌푸려졌지만 오제호는 신경 쓰지 않고 잔에 술을 채운 후 다시 한 잔을 마셨다.

⚜

잠시 후, 10시.

천시현은 테이블에 쓰러져 있었다.

김석훈은 천시현을 노려봤다.

그녀는 김석훈의 딸인 한미를 이용하고 있었다.

그러면서도 김석훈의 앞에서는 철저히 표정을 숨기고 아무것도 모르는 표정을 지어 보였다.

'결국 나를 이용하고 있던 건가?'

김석훈의 입이 꽉 다물렸다.

용서할 수 없었다.

지금도 당장 술병을 들어 내리치고 싶은 심정이 불쑥불쑥 올라왔다.

하지만 참아야 했다.

진정한 지옥은 지금부터가 시작이었다.

지옥을 원하는 그녀에게 진짜 지옥이 뭔지 알려 줘야 했다.

김석훈이 천시현의 가방에서 핸드폰을 빼내 손에 들었다. 그리고 그녀의 핸드폰에서 블루투스 기능을 끈 후, 다시 넣었다.

그게 끝이었다.

김석훈은 더 이상 다른 행동을 하지 않은 채 자리에서 일어나 바텐더에게 걸어갔다.

"계산."

"네, 대리 불러 드릴까요?"

김석훈은 고개를 저었다. 그는 술을 한 잔도 마시지 않았다.

"아니, 됐어. 그리고 10시 50분쯤에 깨우도록 해."

바텐더의 눈이 테이블에 엎어져 있는 천시현에게 향했다.

그가 슬쩍 웃으며 고개를 끄덕였다.

"알겠어요. 10시 50분이죠?"

김석훈은 가만히 바텐더를 바라봤다.

바텐더가 시간을 맞추지 못하면 일은 그르칠 수도 있다.

지난번에 그를 시험해 봤을 때, 정확히 한 시간 후에 천시현을 깨우기는 했었다.

하지만 이번엔 '10시 50분'이라는 시간을 지정해 뒀다.

바텐더가 지정된 시간도 지켜 줄 거라는 보장은 없었다.

김석훈은 품에서 지갑을 꺼내 바텐더에게 5만 원권 한 장을 건넸다.

"10시 50분이야."

바텐더의 얼굴에 활짝 미소가 걸렸다.

그가 두 손으로 공손히 돈을 받으며 허리를 굽혔다.

"걱정하지 마십시오. 49분도 아니고 51분도 아닌 정확히 50분에 깨우겠습니다."

김석훈은 바텐더를 보며 슬쩍 미소를 지은 후 몸을 돌렸다. 그리고 대통령의 아들 오제호와 함께 있는 손진하의 곁을 스쳐 지나갔다.

김석훈은 손진하를 알고 있지만 손진하는 김석훈의 얼굴을 알지 못했다.

그녀에겐 자신의 옆을 스쳐 지나는 사람일 뿐이었다.

그녀를 모른 척 지나는 김석훈의 입가에 잔인한 미소가 걸렸다.

김석훈은 지하 주차장으로 내려가 자신의 차량에 올라탔다.

아무것도 하지 않고 걸어와 차에 올랐을 뿐인데 심장이 뛰고 있었다.

긴장 때문이다.

김석훈은 의자에 몸을 깊이 기댄 채 살짝 눈을 감았다.

그리고 앞으로 일어날 일을 떠올렸다.

지금 시간은 10시.

앞으로 50분 후면, 천시현이 내려올 거다.

그녀는 김석훈 또는 말리는 다른 사람이 없으면 음주운전을 한다. 그건 당연한 거다.

그리고 집으로 향하는 길에서 그녀는 갑자기 뛰어든 누군가를 차로 받게 된다.

차량의 보닛 앞으로 데구르르 굴러가는 사람은 대통령의 아들 오제호다.

여기까지 생각한 김석훈의 입가에 걸린 미소는 악마 같았다.

그의 입에서 '쿡쿡쿡.' 하고 웃음소리가 흘렀다.

"대통령의 아들을 음주운전으로 쳐 버린 제왕 그룹 천호령 회장의 딸 천시현. 재밌어. 아주 재밌어. 뭐라고? 지금 세상이 지옥이라고? 아니야. 너는 몰라. 지옥은 지금부터 시작이야."

김석훈은 크게 웃기 시작했다.

대통령 아들에게 미안한 생각은 없었다.

여기서 천시현에게 당하지 않으면 시위대에 끌려가 집단 구타를 당할 운명이기 때문이다.

김석훈에게 대통령 아들을 구해 준다는 생각은 전혀 없었다.

바의 건물 밖.

희우는 모자를 눌러쓰고 있었다.

그의 시선이 닿는 곳엔 조진석이 보였다.

손목을 들어 시간을 확인하는 조진석의 표정은 초조했다.

잠시 후, 조진석의 옆으로 덩치가 큰 남자들이 다가왔다.

조진석이 두 사람에게 뭔가를 지시하고 있었다.

이번엔 희우가 손목을 들어 시간을 확인했다.

10시 40분.

늦은 시간이다.

이 시간에 덩치 큰 남자를 불러 뭔가를 지시한다는 건 결코 평범한 일은 아니다.

조진석이 누군가에게 전화를 걸었다.

희우는 최대한 그의 입 모양을 주시하며 목소리에 귀를 기울였다.

주변에 차량이 오가서 조진석의 목소리는 들리지 않았다.

하지만 그의 입 모양은 정확했다.

희우의 눈이 찌푸려졌다.

'죽이진 마? 뭘 하려는 거지?'

순간 희우는 뭔가를 떠올렸다.

지금 서 있는 이 바는 김석훈과 지난번에 왔던 장소다.

그때 김석훈은 희우에게 대통령의 아들이 이곳에서 자주 술을 먹는다는 말을 했었다.

'설마?'

그러고 보니 김석훈도 뭔가를 알고 있는 눈치였다.

희우의 시선이 조진석에게 향했다.

'대통령의 가족을 건드려서, 대통령의 멘탈을 흔들 생각이냐?'

희우는 고개를 저었다.

생각만 해도 유치하고 어이없는 계략이다.

하지만 무서운 점은 언제나 유치하고 어이없는 계략이 가장 두려운 법이라는 거다.

그때 건물 입구에서 남녀가 빠져나왔다.

남자는 몹시 취해 있었다.

희우는 그 남자를 알고 있었다.

바로 대통령의 아들이었다.

희우의 미간이 일그러졌다.

이제야 모든 걸 예상할 수 있었다.

김석훈은 손목을 들어 시간을 확인했다.

10시 50분이다.

바텐더가 시간에 맞춰 천시현을 깨웠다면 약 5분 후에 그녀가 내려올 거다.

김석훈의 눈이 엘리베이터로 향했다.

잠시 후, 엘리베이터의 문이 열렸다.

나온 것은 천시현이다.

그녀는 비틀비틀 걸으며 핸드백을 뒤지고 있었다.

그리고 김석훈의 차를 스쳐 지나가며 전화를 꺼내 들었다.

김석훈은 그녀의 행동을 하나하나 눈에 넣고 있었다.

천시현이 통화 버튼을 누르자 김석훈의 핸드폰이 울렸다.

천시현이 비틀비틀 차량으로 향하며 물었다.

─어디죠? 또 숙녀를 두고 그냥 가다니, 너무한 거 아녜요?

김석훈이 대답했다.

"미안. 급한 일이 있어서 먼저 일어났어. 대리를 부르든가 아니면 기사를 부르도록 해. 음주운전은 좋지 않아."

그녀가 피식 웃으며 고개를 저었다.

─그건 내가 알아서 할게요.

천시현은 그녀의 차 앞에 섰다.

오늘은 최고급 국산 승용차다.

문을 열고 운전석에 앉으며 그녀가 김석훈에게 말했다.

─그럼 나중에 봐요.

"그러지."

뚝, 전화가 끊겼다.

하지만 김석훈의 시선은 여전히 그녀를 관찰하고 있었다.

운전석에 오른 그녀는 여느 때와 다름없이 입에 담배를 물었다.

담배 연기가 차 안을 채우고 있었다.

창문이 열리고 뿌연 연기가 밖으로 빠져나오는 게 눈에 보였다.

그녀를 바라보던 김석훈의 입가에 미소가 걸렸다.

'가라. 운전을 해라.'

그녀의 차량에 시동이 걸렸다.

김석훈의 입가에 걸렸던 미소는 더욱 짙어지고 있다.

사라지는 천시현의 차를 보며 김석훈도 차에 시동을 걸었다.

이제 손진하만 잘하면 된다.

그럼 성공이다.

김석훈의 차량이 지하 주차장을 빠져나가기 위해 부드럽게 움직였다.

바가 있는 건물 밖.

밤 11시는 혼잡했다.

조금 과장되게 말한다면 거리엔 사람들이 발 디딜 틈 없이 가득했다. 연말의 분위기는 이런 거다.

그곳에서 사람들 틈에 섞여 있던 희우의 눈은 찌푸려져 있었다.

복잡한 상황이 전개되고 있기 때문이다.

분명 대통령의 아들과 한 여자가 건물 밖으로 나왔다.

그리고 곧바로 그 뒤를 따라 경호원이 나왔다.

대통령의 아들을 경호하는 경호원이다.

하지만 경호원은 대통령의 아들을 계속 뒤쫓지 못했다.

조진석의 수하들이 취객인 척 행동하며 길을 막아섰기 때문이다. 수하 한 명이 인상을 구기며 경호원을 노려봤다.

"지금 내 어깨를 쳤어?"

"죄송합니다."

경호원이 사과하며 지나가려 했지만 그들은 그를 쉽게 놔주지 않았다.

팔을 잡아끌며 억센 목소리로 말했다.

"어이, 그게 뭐야? 진심이 안 느껴지잖아. 제대로 사과해야 할 거 아냐?"

"눈을 보고 사과해!"

조진석의 수하들이 시간을 끌고 있었다.

하지만 경호원은 그게 시간 끌기인지 몰랐다.

그저 취객들의 시비로만 생각했다.

경호원은 미소와 함께 고개를 숙였다.

"죄송합니다. 제가 정신이 없어서 부딪히고 말았네요."

경호원이 승강이를 벌이느라 대통령의 아들에게서 시선을 뗀 것은 아주 짧은 시간이었다.

하지만 이곳은 번화가다.

게다가 연말이다.

이미 대통령의 아들과 여자는 사람들의 인파 속에 섞여 보이지 않았다.

경호원이 그들을 쫓기 위해 인파 속으로 뛰어들었지만 애초에 방향도 잘못 잡았다.

여기까지는 희우가 예상하던 일이다.

희우의 시선이 조진석에게 향했다.

"……!"

조진석의 반응은 희우의 예상과 달랐다.

아무래도 여자가 자신의 생각대로 움직이지 않은 모양이다.

조진석의 미간은 일그러지고 있었다.

"그 방향이 아니잖아!"

그는 여자와 대통령의 아들이 가는 방향을 향해 성큼성큼 걸어갔다.

직접 다가가 친절히 방향을 알려 주겠다는 생각 같았다.

하지만 조진석은 앞으로 걸어가지 못했다.

갑자기 나타난 취객이 조진석에게 시비를 걸었기 때문이다.

그 취객은 김석훈이 준비해 둔 남자였다.

조진석이 취객을 무섭게 노려보며 입을 열었다.

"꺼져."

하지만 취객은 갈 생각을 하지 않았다.

"뭐? 꺼지라고? 야 임마! 부딪혔으면 사과를 해야 할 거 아냐?"

어게인
마이라이프
SEASON2

조진석은 대통령 아들의 경호원과 달랐다.

취객이 비킬 생각을 하지 않자 뒷목을 잡아 아스팔트에 던져 나뒹굴게 만들어 버렸다.

그리고 대통령의 아들과 여자를 찾았다.

하지만 보이지 않았다.

길을 오가는 사람들만 가득 보일 뿐이다.

"젠장!"

조진석의 미간은 흉악하게 일그러졌다.

희우의 시선은 조진석을 막아섰던 취객에게 향해 있었다.

취객은 처음엔 겁을 먹은 눈동자로 자리에서 일어섰다.

그리고 그 자리를 떠나더니 조진석의 시야에서 멀어지자 더 이상 비틀거리지 않았다.

제대로 걷고 있었다.

희우의 입꼬리가 말려 올라갔다.

'또 다른 세력이 있구나.'

희우는 잠깐 생각에 빠졌다.

조진석이 여자를 이용하려 했다.

하지만 여자는 조진석 외에 또 다른 힘과 손잡고 있었다.

또 다른 힘은 김석훈이었지만 희우가 거기까지는 알지 못했다.

중요한 건 여자가 손을 들어 준 쪽이 조진석이 아니라는 거다.

'저 여자는 천유성에게 넘어갔나?'

김성호도 손에 넣었던 천유성이니 충분히 가능한 일이라고 생각했다.

그렇게 생각은 끝났다.

이제 움직일 시간이다.

희우는 대통령의 아들과 여자가 이동한 경로를 쫓아 달리기 시작했다.

하지만!

끼이이이익!

희우의 앞에 자동차가 멈춰 섰다.

자동차의 창문이 스르륵 열렸다.

"……!"

김석훈이었다.

바에서 빠져나와 조금만 걸어가면 일방통행 길이 나온다.

손진하가 낮에 김석훈에게 지시받았던 그곳이다.

낮에도 인적이 드물었지만 밤이 되자 아무것도 보이지 않았다. 사람이 가득했던 번화가에서 불과 얼마 떨어지지 않은 곳이지만 완전히 다른 세상 같았다.

그곳을 손진하와 대통령의 아들인 오제호가 걷고 있었다.

손진하는 똑바로 걸었지만 오제호는 비틀비틀이다.

오제호가 말했다.

"한산하고 좋네."

그가 입을 열 때마다 술 냄새가 푹푹 풍겨 왔다.

한 병에 수십만 원이 넘는 술 냄새지만 역겨운 것은 똑같았다.

오제호가 담배를 입에 물며 계속 말했다.

"요즘은 겨울이 겨울 같지가 않아. 군대 가면 춥다고 하는데, 난 군대 갈 일이 없으니 절대 모를 일인가?"

오제호 나름으로는 농담을 섞인 말이었다.

하지만 손진하는 웃지 않았다.

그녀는 긴장된 표정으로 힐끔힐끔 뒤만 바라보고 있을 뿐이었다.

⚜

손진하와 오제호가 걷고 있는 일방통행 길의 입구.

그 앞에 트럭 한 대가 비상등을 깜빡이며 멈춰져 있었다.

고장이 났다는 것을 알리기 위해 보닛이 열려 있고 자동차의 뒤로는 경광봉이 설치되었다.

그리고 차도에서 인도로 넘어가는 턱에 경광봉 하나를 들고 있는 남자가 있었다.

남자는 차량의 차주다.

차가 고장이 나서 멈춰 서 있지만 그는 아무렇지도 않은 표정이었다. 얼굴엔 짜증도, 초조함도 보이지도 않았다.

그의 앞으로 봉고 한 대가 밀고 들어왔다.

차주가 들고 있던 경광봉을 흔들자 봉고가 멈춰 섰다.

봉고의 운전석에서 운전자가 얼굴을 내밀며 말했다.

"무슨 일이에요?"

차주는 미안한 미소를 지으며 고개를 꾸벅 숙였다.

"죄송합니다. 하필이면 차가 여기서 고장이 났네요. 레커 차를 불렀는데, 언제 올지 몰라서요."

1차선 도로에 고장 난 차가 막고 서 있으니 들어갈 방법이 없었다.

차주가 말했다.

"뒤에서 유도해 드릴게요. 지금 이쪽으로는 갈 수 없을 것 같아요. 저쪽으로 이렇게 돌아가면 되거든요?"

차주는 미안한 표정으로 사과하며 봉고의 뒤에 섰다.

그리고 경광봉을 흔들며 봉고의 후진을 유도했다.

이 차주 역시 김석훈에게 고용된 사람이었다.

다시 바의 건물 앞.

희우의 앞에는 김석훈이 자동차에서 내리고 있었다.

희우는 떨리는 눈으로 김석훈을 바라봤고, 김석훈의 표정은 평온했다.

희우가 물었다.

"설마, 김석훈 의원님이었나요?"

"어떤 게?"

희우의 입에 쓴웃음이 걸렸다.

"모른 척할 필요는 없습니다. 다 예상되네요."

"내가 어디로 갈지 예상되나? 점쟁이군. 난 정필승 지검장과 술을 한잔 마시러 가는 길이야. 그런데 자네가 보이니 반가워서 인사하고 싶었어. 어때? 같이 술 한잔하러 갈 텐가?"

"뭘 노리고 있는 겁니까?"

"노리다니? 자네와 술 한잔할 시간을 노리고 있지."

김석훈은 희우의 질문에 정확히 대답하지 않은 채 빙긋이 미소를 그리고 있을 뿐이었다.

하지만 희우는 웃지 않았다. 그저 김석훈을 쏘아볼 뿐이었다.

"도대체 무슨 일을 꾸미고 있습니까?"

"꾸미다니, 난 그런 걸 좋아하지 않아."

희우의 눈빛을 담담히 넘기던 김석훈이 손목을 들어 시간을 확인 후 말했다.

"아, 잠깐만. 내가 전화할 때가 있어서."

김석훈은 전화를 들더니 통화 버튼을 눌렀다.

전화가 향하는 곳은 천시현이었다.

〜✦〜

그때 천시현의 차는 이미 일방통행 길을 달리는 중이었다.
좁은 차로지만 그녀의 차량은 속도를 줄이지 않았다.
오히려 액셀러레이터를 더 강하게 밟고 있었다.
게다가 그녀는 한 손에 담배까지 들고 있다.
그녀의 입에서 뿌연 담배 연기가 흘러나올 때, 핸드폰이
울렸다.
전화를 받으려던 그녀는 자동차와 핸드폰 사이에 블루투
스가 연결되어 있지 않다는 걸 알았다.
"이건 또 왜 이래?"
그녀가 자는 사이 김석훈이 블루투스 기능을 껐기 때문이
지만 그것까지 알 수는 없었다.
그녀는 미간을 찌푸리며 핸드폰을 찾기 위해 손을 더듬었다.
화면엔 김석훈이라는 이름이 떠오르고 있었다.
"네, 여보세요."
그녀가 전화를 귀에 대며 말했다.
한 손엔 전화, 다른 한 손엔 담배다.
ー음주운전 하는 거 아니지?
그녀가 깔깔대고 웃으며 말했다.

"숙녀를 혼자 놔두고 간 분이 웬 걱정을 그렇게 하실까?"

～◦～

천시현이 김석훈과 전화를 하고 있을 때, 대통령의 아들 오제호와 길을 걷고 있던 손진하는 힐끔힐끔 뒤를 돌아봤다.

멀리 자동차 헤드라이트가 보였다.

손진하의 입에서 침이 꿀꺽 삼켜 졌다.

그녀가 지시받은 것은 처음 보이는 차량에 대통령의 아들을 밀치라는 것이다.

그녀는 깊게 숨을 들이마셨다.

눈동자가 떨리고 있었다.

최대한 편안하게 생각하려 했지만 자신도 모르게 다리까지 떨려 왔다.

그녀가 오제호에게 시선을 옮겼다.

대통령의 아들 오제호는 침을 바닥에 뱉으며 담배를 피우고 있었다.

마음에 들지 않았다.

자신은 귀족이고 나머지는 평민이라 부르는 그 말이 싫었다.

장난이라고 하지만 대통령의 아들이다.

룸살롱에서 일하는 손진하가 듣기엔 장난으로 들리지 않았다.

하지만 싫다고 해서 섣불리 밀 수 없었다.

미는 순간 사고가 난다는 건 당연히 알고 있기 때문이다.

막말로 달려오는 자동차를 향해 토끼 한 마리, 강아지 한 마리를 밀어 넣기도 쉽지 않은 일이다.

그런데 어떻게 사람을 밀어 넣을 수 있을까?

그녀의 눈에 갈등이 서렸다.

손진하의 입에 침이 바짝 말랐다.

결국 그녀는 고개를 저었다.

사람이 아무리 싫다고 해도, 뒷일을 보장해 준다고 해도 돈 때문에 이럴 수는 없었다.

누군가를 다치게 할 수는 없었다.

천시현의 차량은 점차 다가오고 있었다.

손진하의 입가에 한숨이 흘렀다.

'됐어. 하지 말자.'

그때 대통령의 아들이 말했다.

"아까 사는 게 힘들다고 했지?"

"응? 응, 힘들지. 하지만 괜찮아."

대통령 아들의 입꼬리가 말려 올라갔다. 그리고 잔뜩 취기 어린 목소리로 말했다.

"내가 아까 물어보려다가 만 거 있잖아? 지금 물어봐도 돼? 왜 그렇게 사는 거야?"

"어?"

"돈이 부족하다고 창녀 짓을 할 필요가 있나?"

"……!"

"우리 아빠가 대통령이라서가 아니라 좀 그래. 취직할 데 많잖아? 그런데도 이런 일을 하는 건 힘든 일을 하기 싫어서 그런 거잖아? 그런데도 다 대통령 욕하고, 대통령이 신이 아닌데."

손진하는 작게 한숨을 내쉬었다.

'세상을 삐뚤게 사는 아들이지만 아버지가 욕먹는 건 싫은가 보다.'라고 애써 이해했다.

그녀가 입을 열었다.

"변명하자면 단기간에 돈을 벌고 싶었어. 다른 애들은 부모님이 어학연수 보내 주고 그러잖아. 그런데 난 그럴 수 없으니까. 친구들에게 뒤처지기 싫으면 이럴 수밖에 없다고 생각했어."

대통령의 아들 오제호의 입꼬리가 말려 올라갔다.

그가 비릿한 미소를 입에 머금은 채 말했다.

"노력하란 말이야. 징징거리지 말고, 핑계 대지 말고."

손진하의 눈에 순간 살기가 돌았다.

그녀는 오제호를 힘껏 밀쳤다.

오제호는 손진하에게 떠밀려 도로로 밀려났다.

하지만 그는 본능적으로 그녀의 옷을 꽉 잡았다.

"어?"

손진하는 균형을 잃는 걸 느꼈다.

천시현의 자동차 안.

그녀는 여전히 김석훈과 전화를 하고 있었다.

한 손엔 전화, 다른 손엔 담배가 들려 있었다.

그녀는 잠깐씩 핸들에서 손을 뗐다.

들고 있던 담배를 입에 가져가기 위해서다.

위험한 상황이지만 인지하지는 못하는 것 같았다.

그녀의 깔깔대는 웃음소리만 흘러나왔다.

"그렇게 걱정되면 끝까지 같이 있어 주지 그랬어요?"

그녀가 다시 담배를 입에 물었다.

핸들은 어떤 손도 잡지 않고 있다.

뿌연 연기가 차 안을 채울 때, '툭' 하고 담배에 길게 뻗어 있던 재가 그녀의 치마 위로 떨어졌다.

천시현의 시선이 재가 떨어진 곳으로 힐끔 옮겨졌다.

손가락 한 마디 정도의 재가 눈에 보였다.

다행히 담배 불씨는 없는 것 같았다.

그녀는 대수롭지 않게 치마 위에 떨어진 재를 툭툭 털었다.

그때.

꽈아아아아앙!

잔인한 소리가 들려왔다.

Chapter 5

천호령 회장의 서재.

똑똑똑, 문을 두들기는 소리가 들렸다.

업무를 보고 있던 천호령 회장이 고개를 들어 문을 바라봤다.

"들어와."

문이 열렸다.

조심스레 안으로 들어온 사람은 천유성 대표였다.

서재 중앙까지 들어온 천유성 대표가 천호령 회장을 향해 허리를 굽혔다.

"죄송합니다. 이제야 일이 끝났습니다."

천호령 회장의 시선이 벽에 걸린 시계로 향했다.

12시가 가까운 시간이다.

시간을 확인한 천호령 회장의 시선이 다시 천유성 대표에게 향했다.

"늦었어."

"죄송합니다."

오늘 낮, 천호령 회장은 천유성 대표에게 집에 들르라는 말을 했었다. 벌써 수 시간 전의 일이다.

그런데 천유성 대표는 지금에야 도착하게 되었다.

천호령 회장의 입에서 낮은 한숨이 흘렀다.

불과 얼마 전까지만 천호령 회장이 부르면, 하던 모든 일을 멈추고서라도 달려왔던 천유성 대표다. 천호령 회장의 눈 밖에 나지 않는 게 천유성 대표가 회장 자리에 앉을 유일한 방법이었기 때문이다.

하지만 지금은 상황이 바뀌었다.

천유성 대표의 형인 천지용이 수감되어 있었고, 동생 천하민 역시 구속 직전이다.

천호령 회장에게 남은 선택지는 천유성 대표밖에 없었다.

그걸 천유성 대표도 알고 있었다.

천호령 회장이 들고 있던 볼펜을 책상 위에 놓았다.

그리고 불편한 심기를 숨기지 않은 채 말했다.

"가까이 와."

천유성 대표가 천호령 회장의 앞으로 천천히 걸어왔다.

서재에는 뚜벅뚜벅 천유성 대표의 구두 굽 소리가 들릴 뿐이다.

그리고 그가 책상 앞에 섰을 때, 천호령 회장이 고개를 들어 천유성 대표를 바라봤다.

노인의 안광은 더없이 날카로웠다. 하지만 천유성 대표는 천호령 회장의 눈빛을 담담히 받아넘기고 있었다.

천호령 회장이 낮고 무거운 목소리로 입을 열었다.

"요즘 어떻게 지내고 있지?"

"잘 지내고 있습니다."

"특별한 일은?"

"없어요."

의미 없는 대화가 오갔다.

천유성 대표가 자신의 뺨을 긁적였다. 그리고 건조한 목소리로 말했다.

"하고 싶은 말 있으면 하세요."

천호령 회장이 천천히 고개를 끄덕였다.

"그래, 너도 바쁜 몸이지."

천호령 회장의 시선이 다시 천유성 대표에게 향했다.

그 눈빛을 마주한 천유성 대표가 미간을 찌푸렸다.

천호령 회장의 눈은 아들을 보는 게 아니었다.

눈앞에 있는 적을 대하는 것 같았다.

천호령 회장이 살기가 뚝뚝 떨어지는 목소리로 말했다.

"내가 어디선가 들은 말이 있어. 난 물론 믿지 않아. 그러니까 유성아, 네가 진실을 이야기해 줬으면 좋겠어."

천유성 대표가 고개를 끄덕였다.

"네, 알겠습니다."

천유성 대표의 대답에 천호령 회장이 더욱 낮은 목소리로 말했다.

"김성호라고 있어. 알고 있지? 그래, 지금 검찰에 잡혀 있는 놈이야."

천유성 대표가 긴장된 침을 꿀꺽 삼켰다.

천호령 회장이 말을 이었다.

"조진석의 부하였던 김성호를 이용해서 내가 만든 조직을 손에 넣으려 한 놈이 있어."

천유성 대표의 눈동자가 떨려 왔다.

천호령 회장은 그 눈동자를 놓치지 않았다. 하지만 티를 내지 않았다. 그의 살기로 가득한 낮은 목소리는 정겹게 변하고 있었다.

천호령 회장이 계속 말했다.

"그런데 김성호를 이용했다는 사람이 너라는 소문이 있어."

천유성 대표는 억지로 미소를 지었다.

천호령 회장의 목소리가 이어졌다.

"모두 너를 가리키고 있지만 난 믿지 않아. 자, 말해 봐라. 유성아, 넌 아니지?"

천유성 대표가 크게 한숨을 내쉬었다.

처음 서재에 들어왔을 때 당당했던 표정은 사라졌다.

지금은 어떻게 하면 이 자리를 모면할 수 있을지 고민이었다.

그리고 결론은 빨리 나왔다.

벗어날 방법은 오직 하나, '발뺌'뿐이다.

천유성 대표가 고개를 저으며 말했다.

"아버지, 뭔가 잘못 알고 계시는데요. 전 아니에요."

이번엔 천호령 회장이 고개를 저었다.

그리고 천유성 대표를 보며 활짝 웃었다.

아이 같은 천진난만한 미소다.

천호령 회장이 더 다정한 목소리로 말했다.

"유성아, 빛이 있으면 어둠이 존재해야 하는 것은 세상의 이치야."

"……."

천유성 대표의 몸이 부르르 떨리고 있을 때, 천호령 회장이 자리에서 천천히 일어섰다. 그리고 책상에서 벗어나 천유성 대표를 향해 걸어가며 계속 말을 이었다.

"조진석은 나 대신 흙탕물에 몸을 던졌고 손에 피를 묻혔지. 그 덕에 제왕 그룹이 이만큼 성장할 수 있던 거야. 그리고 앞으로 성장해 갈 원동력이기도 하고!"

"……."

"너는 내가 수십 년 동안 준비해 온 조직을 망가뜨렸어."

천유성 대표가 고개를 저었다.

"지금 아버지가 무슨 말을 하시는 건지 모르겠습니다."

"끝까지 모른 체할 텐가?"

천호령 회장의 눈빛은 더욱 사납게 타오르고 있었다.

천유성 대표는 고개를 숙였다.

앞에서 보면 상대의 눈빛에 굴복해 고개를 숙인 것처럼 보인다. 하지만 천호령 회장이 보지 못한 천유성 대표의 눈빛은 살기가 가득 차올랐고 그의 입술은 비틀리고 있었다.

그 시각.

끼이이이이익!

천시현의 차가 멈춰 섰다.

아스팔트에는 짙은 스키드 마크가 새겨졌다.

얼마나 급하게 브레이크를 잡았는지 아스팔트에선 연기까지 흘러나오는 것 같았다.

천시현은 운전대를 두 손으로 잡고 눈을 감은 채 거친 숨을 내쉬었다.

"하아, 하아, 하아."

그녀의 두 손이 가늘게 떨려 왔다.

심장은 쿵쾅쿵쾅 요동치고 있었다.

그렇게 5초에서 10초 정도의 짧은 시간이 지났다.

하지만 천시현에게는 마치 영겁의 시간이 흐른 것만 같았다.

그녀는 살며시 눈을 떴다.

하지만 섣불리 앞을 볼 수는 없었다.

뭔가와 부딪혔다는 건 인지했다.

차가 부서질 것 같은 소리로 예상했을 때, 분명 사람이다.

그래서 볼 수 없었다.

사람을 쳤다는 것은 아직까진 추측일 뿐이었지만 그녀는 그 추측이 사실로 드러났을 때의 충격을 감당할 자신이 없었다.

하지만 계속해서 가만히 있을 수는 없었다.

그녀는 여전히 고개는 숙인 채 눈동자만을 올려 앞을 바라봤다.

유리창엔 쩍쩍 금이 가 있었다.

부딪힌 대상은 보이지 않았다.

내려서 확인해야 했다.

그녀는 파르르 떨리는 손으로 문고리를 잡았다.

덜컥 문이 열렸다. 하지만 그녀는 밖을 향해 발을 뻗지 못했다.

"하아, 하아, 하아."

거친 숨만 쉴 뿐이다.

계속 가만히 있을 수 없었다. 용기를 내야 했다.

그녀는 문을 열고 차량 밖으로 발을 뻗었다.

다리에 힘이 풀렸는지 한 번 비틀거렸다.

차량에 몸을 기대고 헤드라이트가 비추는 곳으로 시선을 향했다. 어지러이 떨어져 있는 파편이 보였다.

그녀의 시선이 조금 더 위로 움직였다.

도로에 쓰러져 있는 두 사람이 보인다.

사람이다.

사람을 친 거다.

그녀의 숨소리가 더 거칠어졌다.

"하아, 하아, 하아, 하아."

그녀는 차에 기대고 있던 몸을 뗐다. 그리고 손으로 입을 가린 채 멍한 눈으로 비틀비틀 앞으로 걸어갔다.

가까워질수록 그녀의 표정은 참혹해졌다.

한 명은 여자고, 다른 한 명은 남자다.

두 사람의 머리에선 피가 꿀렁거리며 솟아나고 있었다.

게다가 알고 있는 얼굴이다.

대통령의 아들과 옆에 있던 여자다.

"아, 아, 아."

천시현의 입에선 거친 숨소리가 아니라 신음이 흐르기 시작했다. 그리고 주춤주춤 뒤로 물러섰다.

어찌해야 할지 알 수 없었다.

"아, 아, 아……."

그녀의 사고는 정지한 상태였다.

그때 자동차 안에서 그녀의 핸드폰이 울렸다.

그 소리에 천시현은 정신이 들었나 보다.

몸을 돌려 차량으로 달려갔다.

누구의 전화인지 알 수는 없었다. 하지만 그녀는 살아 있는 사람의 목소리가 간절했다.

"여보세요."

－무슨 일이야? 전화를 끊고.

김석훈이었다. 그녀가 떨리는 목소리로 입을 열었다.

"저기, 저기, 저기요! 김석훈 의원님!"

그녀의 목소리는 이제 울기 직전이었다.

－말해. 왜 그래? 무슨 일이야?

"제가 김석훈 의원님을 믿어도 될까요?"

－뭐?

천시현의 눈동자는 분명 겁을 먹었다.

하지만 겁을 먹었다는 거지 정신이 없다는 건 아니다.

그녀의 눈동자는 정상으로 돌아와 있었다.

그녀가 떨리는 목소리로 말했다.

"아니에요. 괜찮아요. 걱정해 줘서 고마워요."

그 시각, 희우는 아직 바가 있는 건물 밖에 있었다.

그의 앞에는 김석훈이 끊어진 핸드폰을 가만히 바라보더

니 고개를 저었다.

김석훈이 피식 웃었다.

"나를 믿어 줬다면 더 재밌었을 텐데."

희우가 눈을 찌푸리며 물었다.

"다른 사람의 통화 내용에 관심이 있는 성격은 아니지만, 누구죠?"

김석훈이 손을 저었다.

"아, 천시현이야. 무슨 일이 있는 것 같은데, 얘기를 하지 않아. 분명 술 먹고 어디서 쓰러졌을 거야. 큭큭큭큭. 참 난감할 거야."

김석훈의 표정은 몹시 즐거워 보였다.

그리고 그는 볼일이 끝났다는 듯 다시 차량에 올라탔다.

김석훈은 갑자기 나타나 희우의 앞을 막더니 천시현과 통화를 했다. 그리고 지금 다시 차에 타려 한다.

희우의 눈이 찌푸려졌다.

김석훈이 희우의 앞을 가로막은 이유가 대통령의 아들과 여자를 뒤쫓지 못하게 하려는 건 알고 있었다.

희우도 그걸 알면서 김석훈에게 잡혀 줬다. 어차피 대통령의 아들과 여자가 간 곳은 외길이니 조금 늦게 뒤쫓는다 해도 상관은 없기 때문이다.

그런데 김석훈은 희우를 막을 생각을 하지 않고 차량에 오르고 있었다.

희우의 입에서 한숨이 흘렀다.

지금도 대통령의 아들과 여자의 뒤를 쫓을 수 있다.

김석훈은 희우가 쫓지 못하게 계속 시간을 끌어야 한다.

그런데 자유롭게 놔준다는 것은 이미 어떤 목적을 달성했다는 거다.

희우가 닫히는 차량의 문을 잡으며 말했다.

"뭐죠?"

김석훈이 희미하게 미소를 지었다.

"김희우답지 않아. 이미 늦었어."

"도대체 뭘 꾸미고 있는 겁니까?"

김석훈이 고개를 저었다.

"내가 뭘 꾸미면 어떤가? 어차피 자네에게 해가 될 것은 없을 거야."

"······."

"그리고 이번 판은 내가 만들었어. 내가 만든 판에서 나가줬으면 좋겠어. 자네가 돌아다니면 정신이 없거든."

희우의 눈이 찌푸려졌다.

김석훈이 미소를 그리며 말을 이었다.

"마지막으로 물어보지. 정필승 지검장과 술을 마시려 하는데 정말 안 갈 텐가?"

희우는 대답하지 않고 가만히 김석훈을 바라볼 뿐이었다.

그때 하늘에서 빗방울이 한 방울 툭 떨어졌다.

김석훈이 잠시 하늘을 올려다보며 말했다.

"일기예보 보니까 소나기가 내릴 수 있다는군. 빗소리 들으면서 마시는 술도 괜찮은데, 정 싫다면 어쩔 수 없지. 그럼 나중에 봐."

탁. 문이 닫혔다. 그리고 김석훈이 탄 차는 그 자리를 벗어났다. 희우는 김석훈이 타고 있는 차량의 뒷모습을 가만히 지켜볼 뿐이었다.

'자신이 만든 판이라고? 나보고 빠지라고?'

희우가 고개를 저었다.

아직은 김석훈이 어떤 일을 꾸미고 있는지 알 수 없었다.

하지만 분명한 것은 어떤 범죄가 숨겨져 있다는 거다.

희우는 오늘 김석훈이 했던 행동을 가만히 떠올렸다.

"……!"

그리고 그의 시선이 재빨리 조진석을 찾았다.

김석훈은 조진석과 반대되는 목적을 가지고 있다.

지금 김석훈이 떠난 것은 그 목적이 성공했다는 것이다.

그럼 조진석에게 어떤 반응이 올 게 분명했다.

'빠지라고요? 그렇게는 못 하겠습니다.'

그 시각, 천호령 회장의 서재.

천호령 회장의 앞에는 여전히 천유성 대표가 고개를 숙이고 있었다.

그리고 천호령 회장은 여전히 천유성 대표를 윽박질렀다.

"네놈의 그릇이 제왕 그룹을 담을 수 있을 것 같아?"

천유성 대표는 대답하지 않았다. 고개를 숙이고 있을 뿐이다.

그때 천호령 회장의 핸드폰이 울렸다.

발신 번호는 천시현이었다.

천호령 회장의 시선이 시계로 향했다.

늦은 밤이다.

밤늦게 오는 전화는 언제나 불길했다.

천호령 회장은 핸드폰을 손에 쥐며 다시 천유성 대표에게 입을 열었다.

"나가 봐. 나머지는 다음에 이야기하지."

하지만 천유성 대표는 그 자리를 떠나지 않았다.

천호령 회장이 다시 말했다.

"나가 봐."

천유성 대표가 고개를 저었다. 그리고 천천히 시선을 들었다.

그의 시선은 똑바로 천호령 회장을 향했다.

"다음에 뭘 이야기하려는 거죠?"

매우 건방진 눈빛이었다.

천호령 회장의 미간이 일그러졌다.

그때 천호령 회장의 핸드폰의 진동이 그쳤다.

하지만 잠시였다. 다시 울리기 시작했다.

발신 번호는 역시 천시현이다.

천호령 회장이 손으로 핸드폰을 꽉 쥐며 천유성 대표에게 말했다.

"네가 가진 권한, 책임. 모두 축소할 거야. 힘은 자신이 감당할 수 있을 만큼 가지고 있어야 해. 감당할 수 없는 힘은 사람을 파멸로 몰아갈 뿐이지."

천유성 대표가 고개를 저었다.

"감당할 수 없는 힘이 파멸로 몰아가는 게 아니에요. 내 손에 있어야 할 힘을 아직도 아버지가 가지고 있으니 이러는 거죠. 제가 오죽했으면 김성호를 손에 넣으려고 하거나 조진석의 조직을 가지려고 했겠어요?"

천유성 대표가 한숨을 내쉬며 말을 이었다.

"아버지가 조금만 빨리 나를 인정해 줬다면 이런 일이 없었을 겁니다. 조진석의 조직도 멀쩡했을 거고요. 그런데 이런 사건이 터지고도 아버지는 끝끝내 나를 인정하지 않으려 하는군요."

천호령 회장이 낮은 목소리로 말했다.

"너 혼자 남았다고 해서 네 손 안에 그룹을 담을 수 있을 거라는 착각은 하지 마."

그때 천호령 회장의 핸드폰은 진동을 멈췄다.

하지만 또다시 울리기 시작했다.

이번에도 천시현이다.

천호령 회장이 발신 번호를 확인하고 다시 시선을 천유성 대표에게 향했다.

천유성 대표가 슬쩍 미소를 그리며 입을 열었다.

"좋습니다. 한번 해보지요."

천유성 대표는 천호령 회장에게 싸움을 걸고 있었다.

천하민 대표가 위태했고 첫째 천지용이 없는 상태에서 천호령 회장에겐 다른 대안이 없었다. 적어도 천유성 대표는 그렇게 생각하고 있었다.

천호령 회장이 인상을 일그러뜨리며 고개를 저었다.

"나가."

천유성 대표가 담담하게 말했다.

"아버지가 나를 조금만 믿어 줬다면 우린 좋은 부자지간이 되었을 겁니다."

"나가!"

천유성 대표가 천호령 회장에게 천천히 허리를 굽혔다.

그리고 차가운 시선을 남긴 채 몸을 돌려 서재를 벗어났다.

탁, 서재의 문이 닫혔을 때, 천호령 회장은 자신의 손에 쥔 불길한 핸드폰을 천천히 들어 올렸다.

핸드폰은 아직도 진동을 울리고 있었다.

"무슨 일이야?"

-크, 큰일 났어요.

바가 있는 건물 밖.

희우는 사람들 틈에 숨어 조진석을 관찰하고 있었다.

조진석은 안절부절못하는 눈빛으로 계속 전화만 붙들고 있다. 여자에게 전화를 걸고 있는 거다.

여자는 대통령의 아들과 함께 시위 현장으로 가기로 되어 있었다.

하지만 시위 현장에는 아무도 나타나지 않았다.

조진석의 얼굴은 딱딱하게 굳어 있었다.

그는 핸드폰을 귀에서 뗐다.

이번에도 신호만 울렸다.

여자는 받지 않았다.

당연히 받을 수 없는 상태였지만 조진석이 거기까지 알 수는 없었다.

"젠장!"

조진석의 입에서 거친 욕설이 흘러나왔다.

그때 조진석의 핸드폰이 진동을 울렸다.

발신 번호를 재빨리 확인했다.

여자는 아니다.

천호령 회장이다.

조진석의 미간이 일그러졌다.

여자가 전화를 받지 않는 상황이다.

자칫 이번 계획이 실패로 돌아갈 수도 있다는 불길한 생각이 머릿속을 채우고 있었다.

조진석의 입에서 낮은 한숨이 흘렀다.

어떤 변명을 해야 할지 알 수 없었다.

어떻게 용서를 빌어야 할지 상상하기도 힘들었다.

그가 생각에 빠져 있는 동안에도 핸드폰은 쉬지 않고 울렸다.

결국 조진석은 통화 버튼을 누를 수밖에 없었다.

"네, 회장님."

－지금 어디야?

"네, 지금 여기가……."

하지만 조진석의 목소리는 더 이어지지 못했다.

천호령 회장의 말이 빠르게 흘러나왔기 때문이다.

－지금 당장 그 옆으로 길을 빠져나가. 일방통행 길이 있어. 그쪽으로 가 봐.

"네? 무슨 일입니까?"

－가 봐.

"네, 알겠습니다."

조진석은 전화를 끊었다.

그리고 알 수 없는 천호령 회장의 지시에 멍하니 핸드폰을 바라봤다.

하지만 일단 따라야 했다.

대통령의 아들을 놓친 상황에서 이번 명령까지 망친다면 면목이 없었다.

그는 자신의 자동차를 향해 달려갔다.

그리고 달려가는 그의 모습을 희우의 눈이 뒤쫓고 있었다.

희우는 고개를 갸웃거렸다.

조진석이 행동은 평소와 달리 많이 분주해 보였기 때문이다.

희우는 계속 조진석을 쫓았다.

조진석은 도로변에 주차한 자신의 차량에 올랐다.

희우도 그를 살피며 자신의 차에 올라탔다.

복잡한 시내를 뚫고 조진석의 차량이 이동하기 시작했다.

희우도 그의 차를 쫓아 핸들을 꺾었다.

희우의 입에서 무거운 한숨이 흘렀다.

지금 조진석의 차량이 향하는 곳은 대통령의 아들과 여자가 떠났던 방향이다.

뭔가 불안했다.

알 수 없는 위화감이 느껴지고 있었다.

조진석의 차량은 일방통행 길로 들어섰다.

차량의 속도가 줄어들었다.

조진석은 핸들을 천천히 돌리며 주변을 살폈다.

어게인
마이라이프
SEASON2

천호령 회장이 이곳을 천천히 지나다 보면 뭔가를 찾을 수 있을 거라는 말을 했다.

하지만 아무것도 보이지 않았다.

이상하게 가로등까지 꺼져 있었다.

게다가 추적추적 비까지 내리기 시작했다.

한두 방울 떨어지던 비가 투투툭 떨어지고 있었다.

그것도 잠시였다. 퍼붓듯 쏟아져 내렸다.

조진석이 입으로 욕을 내뱉으며 와이퍼를 켰다.

그때.

꽈아아아앙!

조진석의 차는 알 수 없는 무엇인가와 부딪혔다.

그는 힘껏 브레이크를 밟았다.

끼이익!

차가 급하게 멈추는 소리가 울렸다.

그리고 비가 떨어지는 소리만 들려왔다.

조진석은 거친 숨을 내쉬며 앞을 살폈다.

하지만 비가 오기 때문에 앞이 잘 보이지 않았다.

"젠장!"

조진석은 욕을 내뱉으며 비상등을 눌렀다.

차에서 노란 불이 깜빡일 때, 조진석은 차량 밖으로 나왔다.

조진석이 차량의 앞을 바라봤다.

사람과 부딪혀서 움푹 팬 보닛이 눈에 들어왔다.

그는 욕을 내뱉으며 차량의 앞으로 시선을 움직였다.

부딪힌 사람을 찾기 위해서다.

"……!"

검은색 옷을 입은 누군가가 도로에 쓰러져 있는 게 보였다.

그가 비틀비틀 자리에서 일어섰다.

조진석이 그의 앞으로 다가가며 말했다.

"저기요, 괜찮아요?"

그때 빗방울이 떨어지는 소리와 함께 저벅저벅 발소리가 조진석의 귓가에 들려왔다.

조진석이 눈을 찌푸린 채 주변을 둘러봤다.

헤드라이트에 비친 그림자가 보였다.

그 숫자만 해도 수십 명이다.

조진석은 침을 꿀꺽 삼켰다. 아무리 거친 삶을 살아온 조진석이라 해도 이런 숫자 앞에서는 긴장될 수밖에 없었다.

쾅!

조진석의 옆에서 다시 거친 소리가 들렸다.

시선을 돌리자 검은 옷을 입었던 남자가 다시 한 번 차량에 몸을 내던지고 있었다. 멈춰 있는 차에 몸을 던져 일부러 차를 망가뜨리는 것 같았다.

조진석이 인상을 구기며 말했다.

"지금 뭐 하는 거야!"

차에 몸을 던졌던 남자가 다시 비틀비틀 일어나고 있었다.

그때 조진석을 향해 다가오던 수십 명의 그림자가 가까워졌다.

조진석은 눈을 작게 뜨고 그들의 얼굴을 살폈다.

자신의 부하들이었다.

조진석의 시선이 그들의 손으로 내려갔다.

부하들의 손에는 각목 등 무기로 쓰일 수 있는 물건들이 쥐여 있었다.

조진석은 눈을 찌푸린 채 고개를 저었다.

더 이야기를 듣지 않아도 알 수 있었다.

이 상황은 부하들이 조진석을 공격하려는 거다.

조진석은 이런 일을 벌일 힘이 있는 부하를 생각해 봤다.

2인자인 김성호는 이미 검찰에 잡혀갔다.

그럼 세 번째로 힘이 있는 신지혁이다.

하지만 신지혁은 이런 일을 벌일 담력이 없었다.

뒤에 분명 누군가가 서 있다는 거다.

조진석의 입에서 깊은 한숨이 흘렀다.

부하들은 조진석과 약 1m의 거리를 남겨 두고 멈춰 서 있었다.

조진석이 품에서 담배를 꺼냈다. 그리고 입에 물었다.

틱, 틱 비가 내려 불이 잘 올라오지 않는 라이터를 몇 번 튕기다가 입을 열었다.

"지혁이, 거기 있냐?"

조진석의 말에 한 사내가 중앙에서 걸어 나왔다.

"네, 실장님."

3인자인 신지혁이었다.

그가 조진석의 담배에 불을 붙였다.

조진석이 담배 연기를 깊게 빨아들이며 신지혁을 바라봤다.

"회장님 전화 받았냐?"

"네. 죄송합니다, 실장님."

조진석이 고개를 끄덕였다. 천호령 회장의 전화를 받았다면 이 뒤에 이어질 이야기는 뻔했다.

그가 담배 연기를 내뿜으며 다시 물었다.

"회장님께서 나를 죽이라고 하셨냐?"

신지혁이 고개를 저었다.

"아닙니다. 블랙박스만 떼어 오라고 하셨습니다."

조진석의 눈이 찌푸려졌다.

"그게 무슨 말이야?"

"죄송합니다. 가만히 계셔 주셨으면 좋겠습니다."

신지혁이 신호를 보내자 사내들이 저벅저벅 조진석의 차량으로 걸어갔다.

가만히 서 있던 조진석이 앞에 서 있는 신지혁에게 물었다.

"회장님과 언제부터 연락했지?"

"오늘입니다. 저도 방금 연락받았습니다."

조진석의 입에서 한숨이 흘렀다.

"우리 작전이 실패한 것을 회장님도 알고 계시냐?"

신지혁이 고개를 끄덕였다.

"네."

조진석이 이해했다는 듯 고개를 끄덕였다.

조진석은 자신이 대통령의 아들을 테러하지 못해 천호령 회장에게 벌을 받고 있다고 생각했다.

조진석이 물었다.

"나를 제거하고 블랙박스를 떼어 가도 되잖아? 왜 번거롭게 하는 거지?"

"실장님을 제거할 생각은 없습니다."

"……!"

신지혁의 뒤에서 사내들의 목소리가 들렸다.

"블랙박스 제거했습니다."

신지혁이 조진석에게 고개를 숙였다.

"그럼 몸 건강히 지내십시오. 그리고 죄송합니다. 조직을 위해서였습니다."

패거리는 그 말만 남겨 둔 채 그 자리에서 사라졌다.

조진석에게 어떤 위해도 가하지 않았다.

조진석은 멍하니 그들이 사라진 곳을 바라볼 뿐이었다.

아무것도 이해가 되지 않았다.

그리고 조진석의 시선은 그제야 자신의 차로 향했다.

움푹 팬 곳이 보인다.

누가 봐도 사고 차량이다.

그때 조진석의 눈이 찌푸려졌다.

그의 눈에 이상한 것이 보였기 때문이다.

바로 스키드 마크였다.

조진석은 천천히 이동하고 있었기 때문에 이 정도로 긴 스키드 마크가 새겨질 수는 없었다.

조진석의 시선이 주변을 둘러봤다.

쓰러진 무엇인가가 보였다.

조진석의 입가에 허탈한 미소가 걸렸다.

그는 비틀비틀 쓰러진 무엇인가를 향해 걸어갔다.

"하!"

조진석이 고개를 저었다.

대통령의 아들과 그 여자였다.

그가 고개를 저었다.

"어쩐지 전화를 안 받는다 했더니."

대충 상황이 보이기 시작했다.

조진석이 중얼거렸다.

"천시현이 또 음주운전을 했구나. 그리고 나한테 뒤집어씌우고 있어."

모든 정황이 맞아떨어졌다.

조진석의 눈이 충혈되었다.

그는 다시 담배를 입에 물었다.

틱, 틱, 틱, 틱, 틱.

불이 붙지 않았다.

"젠장!"

조진석은 담배를 집어 던졌다.

땅으로 나뒹군 담배는 금방 빗물에 적셔졌다.

조진석의 머릿속에 어릴 적, 아버지가 했던 말이 떠올랐다.

아버지는 주인을 대신해 손에 피를 묻히는 사람은 결국 주인의 손에 의해 죽는 게 세상의 이치라고 말했다.

조진석은 시선을 들어 하늘을 바라봤다.

비가 그의 얼굴로 떨어져 내렸다.

조진석의 입에서 한숨이 흘렀다.

그의 눈이 시뻘겋게 충혈되었다.

철저하게 이용만 당했다는 생각이 머릿속을 채우고 있었다.

그때 그의 뒤로 자동차의 라이트가 길게 늘어지는 게 보였다.

다른 차가 온 모양이다.

조진석은 지금 도착한 차를 향해 시선을 돌렸다.

조진석의 차 뒤에 바짝 붙어 주차하고 있다.

딸칵. 문이 열리더니 차에서 내린 사람은 희우였다.

희우가 천천히 조진석의 앞으로 걸어왔다.

조진석이 고개를 저었다.

"난 아니야."

희우는 대답하지 않고 시선을 움직여 바닥에 쓰러진 두 남녀를 바라봤다.

조진석이 말했다.

"내가 대통령의 아들을 치지 않았어. 난 아니야. 난 아니라고!"

희우는 조진석의 말을 신경 쓰지 않았다.

그는 대통령의 아들 오제호와 손진하의 앞에 꿇어앉았다. 그리고 손을 내밀어 맥박을 확인하고 코에 손을 가져다 댔다.

희우가 말했다.

"아직 죽지 않았습니다."

조진석이 눈을 크게 떴다.

"사, 살았어?"

희우가 고개를 끄덕였다.

멀리 경찰차의 사이렌 소리가 들려오고 있었다.

희우가 손을 털고 자리에서 일어나며 조진석에게 말했다.

"내일 오후에 연락 주세요."

"뭐, 뭐요? 내일 오후?"

희우가 고개를 끄덕였다.

"자세한 이야기는 나중에 하죠. 어서 가지 않으면 경찰에게 잡힐 겁니다. 그럼 어떤 해명할 기회도 얻지 못하고 범인으로 지목받습니다. 어떻게 할래요?"

"……!"

"이 자리에서 도망친 후 천호령 회장과 대적하겠습니까,

아니면 끝까지 천호령 회장의 충신으로 장렬히 모든 죄를 끌어안고 감옥에 가겠습니까?"

"……!"

"가세요, 마음 변하기 전에."

희우는 더 이상 조진석을 바라보지 않고 무릎을 꿇은 채 대통령의 아들 오제호와 손진하의 상태를 살필 뿐이었다.

조진석이 말했다.

"김희우 의원은 괜찮겠습니까?"

"내 차에 있는 블랙박스가 난 결백하다고 말해 줄 겁니다. 난 목격자일 뿐이죠. 그리고 걱정하지 마세요. 블랙박스엔 조진석 실장의 자동차 뒤 번호만 찍혔을 테니까."

조진석의 시선이 희우의 차로 향했다.

조진석의 차에 바짝 대고 있기에 이곳의 상황이 영상에 나올 수는 없었다.

"그럼 연락하겠습니다."

조진석이 떠날 때, 희우는 전화를 들어 119에 신고했다.

그리고 침착한 눈으로 주변을 살폈다.

여자의 핸드백이 보였다.

희우는 몸을 일으켜 핸드백이 있는 곳으로 걸어갔다.

핸드백을 들어 안에 있는 물건을 확인했다.

화장품과 지갑이 전부다.

희우는 갑을 꺼내 신분증을 확인했다.

손진하의 정보를 간단히 보기 위해서다.

핸드폰은 잠겨 있었기에 확인할 수 없었다.

희우는 핸드백을 손에 쥔 채 다시 주변을 살폈다.

멀리 사이렌 소리가 점점 다가오고 있었다.

그 시각.

김석훈은 정필승 지검장과 함께 앉아 술을 마시고 있었다.

정필승 지검장이 김석훈의 잔을 향해 공손히 술병을 기울였다.

"요즘 별일 없으십니까?"

정필승 지검장은 김성훈의 빈 잔을 채우며 힐끔 그를 바라봤다.

김석훈의 성격에 아무 이유 없이 늦은 시간에 술을 먹자고 불러낼 사람은 아니다. 그래서 정필승 지검장은 김석훈의 의도를 파악하기 위해 애쓰고 있었다.

김석훈은 정필승 지검장의 생각을 뻔히 알면서도 모른 척 입을 열었다.

"그래, 별일 없어. 중앙 지검은 어떤가?"

"특이할 게 있겠습니까? 조진석을 잡는 데 열중하고 있을 뿐입니다."

"조진석은 아직 영장이 안 나온 거야?"

"네, 깡패 새끼이긴 하지만 나름 거물 아닙니까? 정치권이랑도 연결된 것 같고요. 그래서 가만히 숨어 있다가 한 번에 물어뜯을 생각으로 의혹과 증거를 모으는 중입니다."

"그래, 좋은 생각이야."

김석훈은 빙긋이 미소를 그리며 술잔을 들어 입에 댔다.

정필승 지검장이 결국 참지 못하고 입을 열었다.

"김석훈 의원님, 지시 내리실 게 있으면 말씀하십시오."

김석훈이 잔을 내려 두며 정필승 지검장에게 시선을 향했다. 그리고 낮은 목소리로 말했다.

"정필승 지검장."

"네, 의원님."

"왜 나한테 지시를 받으려 하나?"

"네?"

김석훈은 자신의 빈 잔에 술을 채웠다. 그리고 말했다.

"자네는 대한민국 검사야. 검사의 꽃이라는 지검장이지. 그것도 서울의 중앙 지검장이야."

"……."

"나 같은 의원의 지시를 받을 필요 없어."

김석훈이 다시 술을 들어 입에 댔다.

몇 잔 입에 대지 않았지만 오늘따라 술이 쓰게 느껴졌다.

김석훈의 눈에 앞에 앉은 정필승 지검장이 보였다.

정필승 지검장을 보던 김석훈의 미간은 찌푸려졌다.

"내 잘못이야."

정필승 지검장은 김석훈이 무슨 말을 하는지 이해하지 못했다.

"의원님의 탓이라뇨?"

"내가 권력을 욕심내고 조태섭의 손을 잡았기 때문에 검찰이 이 모양 이 꼴이 된 거야."

김석훈은 다시 잔을 채웠다. 그리고 또 입에 대며 말을 이었다.

"난 교도소에서 죗값을 받았어. 그런데 웃기지 않아? 검찰은 지금도 국민의 불신을 받고 힘을 쓰지 못해. 바람에 흔들리는 촛불처럼 흔들거리고 있어. 그런데 검찰을 이렇게 만든 난 국회의원이 되어 더 많은 힘을 손에 넣었어."

정필승 지검장이 눈을 껌뻑였다.

그의 시선이 술병으로 향했다.

절반만 비워졌을 뿐이다.

많은 술을 마시지도 않았는데 김석훈은 취한 것 같았다.

정필승 지검장이 다시 김석훈에게 시선을 보내며 말했다.

"저, 저기, 의원님. 지금 무슨 말씀을 하시는 건지 모르겠습니다."

김석훈이 피식 웃었다.

"자네도 내 잘못 중 하나지. 걱정하지 마. 내가 다시 되돌려 놓을 테니까."

"……!"

"모든 걸 되돌려 놓을 거야. 그러면 나도 떳떳이 돌아갈수 있겠지."

"네, 하하."

정필승 지검장은 김석훈이 어떤 말을 하는지 몰랐지만 일단 따라 웃었다.

그때 정필승 지검장의 핸드폰이 울렸다.

정필승 지검장은 핸드폰의 소리를 죽였다.

김석훈이 슬쩍 웃었다.

"받게."

"네? 아닙니다."

"아냐. 괜찮으니까 받아. 밤늦게 오는 전화잖아."

김석훈은 지금 정필승 지검장에게 걸려 온 전화에 무슨 내용이 담겨 있는지 알고 있었다.

그래서 받으라고 하는 거다.

정필승 지검장이 고개를 숙이며 말했다.

"죄송합니다. 그럼 받겠습니다."

정필승 지검장이 몸을 돌려 핸드폰을 꺼낸 후 발신 번호를 확인했다.

지검에서 온 전화다.

정필승 지검장의 미간이 찌푸려졌다.

그리고 전화를 귀에 대며 말했다.

"무슨 일이야?"

정필승 지검장의 찌푸려졌던 미간은 순식간에 일그러졌다.

"뭐라고!"

당황한 정필승 지검장의 목소리.

김석훈은 여유롭게 빈 잔을 채우고 있었다.

그리고 입가에 엷은 미소를 그리며 술잔을 들어 입에 댔다.

빈 잔을 테이블에 내려 두며 김석훈이 입을 열었다.

"무슨 일인가?"

정필승 지검장이 떨리는 시선으로 김석훈을 바라봤다.

김석훈은 태연한 표정이다.

정필승 지검장이 더듬더듬 입을 열었다.

"대통령님의 아들이 뺑소니를 당했답니다."

신문, 인터넷 기사, 뉴스 등 모든 언론은 대통령 아들의 교통사고를 대대적으로 보도하고 있었다.

오명성 대통령 아들 오제호, 지난밤 교통사고로 위독

오명성 대통령이 가장 아껴 온 막내아들 오제호 씨가 어젯밤

11시경 불의의 교통사고에 아직 의식을 찾지 못해 주변을 안타깝게 하고 있다. (종략) 오제호 씨의 대학 친구들의 말을 들어 보면 보통의 대학생처럼 행동했다고 한다. (종략) 입고 다니는 옷도 그리고 친구들과 지내는 모습도 여느 대학생처럼 수수했다고 전해진다. (종략) 네티즌들은 우리 사회의 노블레스 오블리주가 위독하다며 오제호 씨의 쾌차를 바라는 사이버 기원을 이어 가고 있다.

희우는 핸드폰으로 기사를 보다가 주머니에 집어넣었다.

손목을 들어 시간을 확인하자 오전 8시 30분이다.

그의 입에서 짧은 한숨이 흘렀다.

희우는 시선을 들어 앞을 바라봤다.

수술 중이라는 표시가 눈에 들어왔다.

이곳은 병원, 수술실 앞이었다.

그리고 수술을 받는 사람은 대통령의 아들 오제호와 함께 교통사고를 당한 손진하였다.

희우는 다시 시선을 핸드폰으로 가져갔다.

몇몇의 기사를 더 찾아봤지만 어디에도 손진하에 대한 내용은 없었다. 아니, 대통령의 아들 오제호가 술을 먹고 걸어가다가 교통사고가 났다는 내용도 없었다.

희우는 한숨을 내쉬며 다시 시선을 들어 굳게 닫힌 수술실 문을 바라봤다.

그의 머릿속에 오래전의 기억이 떠올랐다.

어머니와 아버지가 뺑소니 교통사고를 당했던 그 기억이다.

그날, 뺑소니를 치려 하던 차엔 조태섭 의원의 아들과 한 여성이 타고 있었다.

그때도 언론엔 조태섭 의원의 아들이 안타까운 생을 마감하였다는 말만 나왔다.

당시 함께 사고를 당해 목숨을 잃었던 여성에 대한 이야기는 어디에도 없었다.

지금도 그때와 비슷했다.

세상은 달라진 게 없었다.

대통령 아들 오제호는 좋은 사람으로 포장되어 있었고, 손진하는 소리 소문 없이 수술을 받고 있었다.

그것도 대통령의 아들과 다른 병원이다. 대통령의 아들은 근처에 있던 병원으로 긴급 후송되었고, 손진하는 굳이 다른 곳으로 이송되었다.

아마도 대통령의 아들 오제호가 어떤 여자와 함께 있었다는 걸 숨기고 싶은 모양이었다.

이런 상황에서도 오명성 대통령은 아들의 신상에 어떤 흠집이 가는 걸 걱정하고 있었다.

희우는 핸드폰을 들어 상만에게 전화를 걸었다. 그리고 차가운 목소리로 말했다.

"사람 조사 좀 부탁해. 돈은 얼마가 들어도 좋으니까 할 수 있다면 가지고 있는 모든 통장의 입출금 내역, 통화 내역 등 알 수 있는 모든 건 들춰 봤으면 좋겠어. 이름은 손진하."

희우의 입에서 이야기를 들은 상만이 기분 좋게 대답했다.

-네, 알겠습니다.

희우는 전화를 끊었다.

그의 시선은 다시 수술실로 향했다.

잠시 후, 상만에게 전화가 걸려 왔다.

-자료 직접 보실래요? 아니면 제가 읽을까요?

"퀵으로 보내 줄 수 있어?"

-알겠습니다. 그럼 퀵으로 보낼게요. 한 10초쯤 걸릴 거예요.

"10초?"

"짜잔!"

한쪽 복도에서 상만이 나타났다. 그의 한 손에는 검은 비닐봉지가, 다른 한 손에는 서류 뭉치가 들려 있었다.

상만이 능글맞게 웃으며 희우의 옆에 앉았다.

"밤새 여기 계셨던 거예요, 이름 모를 여자애 때문에? 아, 이름은 아시는구나."

상만은 말을 하며 희우에게 서류 뭉치를 넘겼다. 그리고 비닐봉지를 열심히 풀기 시작했다.

김밥이 보였다.

상만은 나무젓가락을 뜯어 희우에게 건넨 후, 생수 뚜껑까지 뜯은 후에야 고개를 들어 희우를 바라봤다.

"드세요."

희우가 피식 웃었다.

희우가 김밥을 먹고 있을 때, 상만이 입을 열었다.

이제는 여자에 관한 이야기였다.

"마음이 급하실 것 같아서 우선 나온 것부터 가지고 왔어요. 손진하는 대학생이고요. 꽤 좋은 대학에 다니네요. 그리고 할머니와 둘이 살고 있고요."

상만의 입에서 손진하에 대한 내용이 흘러나왔다.

할머니와 단둘이 사는 여대생.

룸살롱에 다니고 있다.

하지만 최근 룸살롱에 출근을 뜸하게 했다.

희우가 물었다.

"돈은?"

"이게 이상해요. 룸살롱에 출근하지 않았는데 돈은 평소보다 통장에 더 많이 챙겨 됐어요."

희우가 김밥을 입에 넣으며 고개를 끄덕였다.

김석훈이나 조진석에게 돈을 받아 썼을 가능성이 있었다.

희우가 말했다.

"위조 여권 만드는 놈들 있지? 한번 쑤셔 봐."

"위조 여권요?"

"그래, 최근에 젊은 여자의 여권을 만든 놈이 있을 거야."

여자는 김석훈뿐만 아니라 조진석의 손도 잡고 있었다.

어게인
마이라이프
SEASON2

안전장치가 없다면 김석훈을 따를 리 없다. 분명 조진석이 찾을 수 없도록 외국에 보내 준다는 약속을 했을 거다.

상만이 고개를 끄덕였다.

"네, 알겠어요."

그때 수술실의 문이 열리고 의사가 밖으로 나왔다.

희우는 자리에서 일어나 의사를 바라봤다.

"어떻게 됐습니까?"

수 시간을 이어 온 수술이다.

손진하가 살아야 했다. 그래야 김석훈이 연관되어 있다는 걸 확실히 밝힐 수 있다.

김석훈이 어떤 의도로 교통사고를 꾸몄는진 모르지만 분명 잘못된 행동이었다.

희우의 눈빛에 의사가 작게 한숨을 내쉬었다. 그리고 입을 열었다.

"일단 수술을 잘되었습니다. 하지만 출혈이 너무 심해서 결과를 장담할 수가 없습니다. 회복실로 옮긴 후 경과를 지켜봐야 할 것 같습니다."

의사는 희우에게 살짝 고개를 숙인 후 옆을 스쳐 지나갔다.

그 시각.

천시현은 천호령 회장의 자택, 자신의 방에 있었다.

그녀는 침대 위에 앉아 무릎 안에 고개를 파묻었다.

눈으로도 그녀가 오들오들 떨고 있는 게 보였다.

"아, 아, 아, 아……."

그녀의 입에서는 이상한 소리만 나오고 있었다.

하나 그렇다고 눈을 감지도 못했다.

눈을 감으면 피투성이가 되어 쓰러진 두 남녀가 떠올랐기 때문이다.

그때 똑똑똑, 문을 두들기는 소리가 들렸다.

"천시현 아가씨."

방을 정리하는 직원이 문을 두들기고 있었다.

하지만 천시현은 대답하지 않았다.

계속 고개를 숙이고 바들바들 떨고 있을 뿐이다.

직원이 다시 입을 열었다.

"아가씨."

문 앞에 선 직원은 50대 후반의 여성이다.

그녀는 걱정스러운 표정으로 다시 문을 두들겼다.

똑똑똑.

"아가씨."

그 말에 드디어 반응이 왔다.

하지만 비명에 가까운 날카로운 목소리였다.

"가! 가라고!"

직원은 더 이상 문을 두들기지 못했다.

직원이 떠나자 천시현의 방은 다시 조용해졌다.

천시현은 입술을 잘근 깨물었다.

그녀의 입에선 한숨만 나올 뿐이었다.

"도대체 나한테 왜 이런 일이 벌어진 거야? 왜?"

그녀는 자신이 음주운전을 했기 때문이라는 생각은 애초에 하지 않고 있었다.

그때 천시현의 머릿속에 순간적으로 김석훈이 떠올랐다.

평소 천시현이 취하면 어떻게든 옆에 남아 집까지 데려다주는 사람이다.

그런 사람이 두 번이나 자리를 비웠다.

그리고 어제는 사고 시간에 맞춰 전화까지 걸어왔다.

천시현은 고개를 저었다.

'억측이야.'

하지만 그녀의 눈동자는 다시 김석훈을 떠올렸다.

억측이지만 김석훈이라면 이 모든 걸 만들어 낼 수 있는 사람이기 때문이다.

'설마.'

그녀가 생각에 빠져 있을 때, 그녀의 방문을 두들기던 직원은 집 밖으로 나왔다.

직원은 목표가 있는지 계속 걸었다.

정원을 지나 직원이 도착한 곳은 정자였다.

그곳엔 연못에 잉어 밥을 주고 있는 천호령 회장이 있었다.

직원이 천호령 회장을 향해 꾸벅 허리를 굽혔다. 그리고 말했다.

"천시현 아가씨는 대답이 없으십니다. 기분이 좋지 않은 모양입니다."

천호령 회장이 고개를 끄덕였다.

그리고 무심한 표정으로 연못에을 향해 잉어 밥을 뿌렸다. 먹이를 먹기 위해 퍼덕이는 잉어들의 소리가 들렸다.

먹이를 먹는 잉어들을 보던 천호령 회장이 말했다.

"그래, 알았어. 지금 많이 힘들 거야. 계속 신경 쓰도록 해."

"알겠습니다."

직원은 천호령 회장에게 고개 숙여 인사한 후 뒷걸음질로 그 자리를 떠났다.

천호령 회장은 다시 잉어 밥을 연못에 뿌렸다.

연못에는 잉어들이 퍼덕이는 소리만이 들려왔다.

천호령 회장이 좋아하는 잉어 밥 주기였다. 하지만 그의 표정은 여전히 굳어 있었다.

천호령 회장은 잉어 먹이가 든 양동이를 한쪽에 내려 뒀다. 그리고 손을 털며 가만히 연못을 바라봤다.

먹이를 먹기 위해 난리를 치던 잉어는 언제 그랬냐는 듯 유유히 연못을 헤엄치고 있었다.

천호령 회장의 입꼬리가 살짝 말려 올라갔다.

"잉어도 먹이 싸움이 끝나면 저렇게 평화로운데."

천호령 회장이 몸을 돌려 정자로 들어가 앉았다.

좋아하는 정자에 앉았지만 그의 눈빛은 여전히 딱딱했다.

입에선 작은 한숨마저 흘렀다.

그는 다시 자리에서 일어섰다.

그리고 정자를 벗어나 이번엔 정원을 거닐었다.

천호령 회장답지 않게 안절부절못하고 있었다.

그의 걸음이 뚝 멎었다.

그리고 그는 고개를 들어 하늘을 올려다봤다.

잿빛 하늘이 천호령 회장의 눈에 담겼다.

그의 눈동자는 고민이 가득했다.

하지만 잠깐이었다. 고민의 기색이 사라진 천호령 회장의 입가에 엷은 미소가 걸렸다.

"내가 살면 얼마나 더 살겠어?"

주름진 미소였지만 아이와 같은 천진난만함이었다.

그의 손에는 대한민국이라는 세상이 쥐인 것 같았다.

그리고 아이의 손에 쥐인 대한민국은 장난감이나 마찬가지다.

천호령 회장이 천천히 전화를 들어 올려 들어 귀에 댔다.

잠깐의 통화음이 흐르고 상대가 전화를 받자 천호령 회장이 즐거운 목소리로 입을 열었다.

"이름이 뭐라고 했지?"

─신지혁이라고 합니다.

"그래, 지혁이. 그래그래. 지금부터 제대로 시위를 일으키
도록 해."

─네, 알겠습니다.

천호령 회장은 전화를 끊으며 즐거운 미소를 그렸다.

잠시 후, 천호령 회장은 서재에 앉아 있었다.

천호령 회장의 앞엔 핸드폰만 보였다.

그는 손가락으로 책상을 톡톡 건드리며 중얼거렸다.

"혼란에 빠져야지."

천호령 회장이 애초에 세웠던 계획은 이미 어그러져 있었
다. 하지만 다행히 지금의 상황은 그를 돕는 것 같았다.

그날 오후, 텔레비전 뉴스.

아나운서가 다급한 목소리로 말했다.

─천하 그룹 김용준 회장의 중형을 요구하던 시위대가 폭력적으로 변
하고 있습니다. 이유는 대통령의 아들 오제호 씨 때문입니다. 어젯밤 교
통사고로 현재 의식을 찾지 못하고 있는 오제호 씨를 향해 전 국민이 안
쓰러운 시선을 보내고 있는 것과 달리 시위대는 다른 것을 주장하고 있
습니다.

시위대의 인물이 화면에 나왔다.

–우리가 듣기로 어제 대통령 아들이 여자 끼고 비싼 술집에서 술을 먹었다고 합니다. 어린놈의 자식이 술집 여자 끼고 술을 먹었대요. 그런 데 이게 뭡니까? 뭐? 평범한 대학생?

또 다른 시위대의 인물이 화면에 나왔다.

–대통령의 아들이라고 한 병에 수십만 원짜리 양주를 먹고. 그거 다 우리 주머니에서 나간 세금인 거 알죠?

삑.
텔레비전이 꺼졌다.
텔레비전을 보고 있던 것은 의원 사무실에 있던 희우다.
시위대가 폭력적으로 변한 이유는 보지 않아도 천호령 회장의 지시라는 걸 알 수 있었다.
그의 시선이 테이블에 놓인 핸드폰으로 향했다.
우우우웅.
핸드폰은 기다렸다는 듯 진동을 울렸다.
희우가 천천히 핸드폰을 들어 귀에 댔다.
"네, 조진석 실장님."

대통령 오명성은 병원의 중환자실에 있었다.

그의 눈에 수술이 끝나 온몸에 생명 유지 장치를 붙이고 있는 아들 오제호가 눈을 감고 있는 모습이 들어왔다.

오명성 대통령은 입술을 꽉 깨물었다.

참으려 했지만 '끄읍.' 하는 신음 소리까지 참기는 어려웠다.

그는 주먹을 폈다 접었다 하기를 반복했다.

앞에 아들이 눈을 감고 있는데 마음을 평온히 유지하는 게 이상한 일이었다.

하지만 그는 대통령이다.

어떤 순간에도 참아 내야 했다.

오명성 대통령이 고개를 옆으로 돌려 의사를 바라봤다.

"언제쯤 깨어나지?"

"죄송합니다. 아직 확정적으로 말씀드리기는 어렵습니다."

오명성 대통령의 눈에는 분노가 가득했다.

"깨어나야 할 거야. 무조건 살려야 해."

"노력하겠습니다."

"같이 있던 계집은 어떻게 됐어?"

대통령의 비서가 고개를 숙이며 답했다.

"다른 병원에서 수술을 받았습니다. 그쪽 역시 아직 의식이 없다고 합니다."

오명성 대통령의 입에서 깊은 한숨이 흘렀다.

오명성 대통령이 몸을 돌려 중환자실을 빠져나갔다.

중환자실에 있던 의사와 간호사가 모두 오명성 대통령을 향해 고개를 숙였다.

중환자실의 문이 열리고 밖으로 걸음을 옮길 때, 비서가 말을 이었다.

"그런데 대통령님, 지금 천하 그룹 앞에서 시위를 하던 시위대 있지 않습니까?"

오명성 대통령이 고개를 끄덕였다.

"그래, 거기는 왜?"

"폭력 시위로 바뀌었답니다."

"……!"

오명성 대통령의 미간이 찌푸려졌다. 그리고 비서를 바라봤다.

비서가 계속 말했다.

"오늘 아침, 어디서 들었는지 오제호 도련님이 바에서 양주를 마시고 여자와 함께 있었다는 걸 알았나 봅니다. 그걸 트집 잡아 시위를 벌이고 있습니다."

"무슨 말도 안 되는!"

오명성 대통령의 입장에서 보면 트집 잡을 일도 아니었다.

오명성 대통령은 화를 꾹 눌러 참으며 눈을 감았다.

천하 그룹 앞의 시위대는 천호령 회장의 통제하에 있는 것이다.

그리고 시위대가 폭력적으로 변할 거라는 것도 천호령 회장이 이야기했었다.

오명성 대통령의 입이 꽉 다물렸다.

'내 아들을 이유로 삼아 폭력 시위를 해? 천호령 회장 그 인간이 지금 나한테 시비를 걸고 있나?'

그렇게밖에는 생각되지 않았다.

뜬금없이 대통령을 상대로 시위하고 있으니 당연히 천호령 회장을 의심할 수밖에 없었다.

그때 오명성 대통령의 핸드폰이 울렸다.

천호령 회장이었다.

오명성 대통령이 인상을 찌푸리며 전화를 손에 들었다.

"오명성입니다."

─천호령입니다. 아드님은 좀 괜찮으십니까?

오명성 대통령의 입가에 비릿한 미소가 걸렸다.

"천호령 회장, 지금 병 주고 약 주는 겁니까? 내 아들놈이 다치자마자 신이 나서 전화를 했네요? 당신이 원하는 게 뭔지는 모르지만 난 이제 손잡을 생각이 없습니다."

─대통령님.

간곡한 천호령 회장의 목소리에 오명성 대통령이 비웃듯 말했다.

"천호령 회장, 그 정도만 하세요. 난 대통령이기 전에 아

버지입니다. 내 아들을 건드려 뭔가를 해 보려 하는 당신이
좋게 보일 것 같습니까?"

–오해입니다. 이 말씀만 드리죠. 지금 시위대는 제 통제
에서 벗어났습니다.

"……!"

–검찰 쪽에 알아보면 김성호라는 자가 지금 잡혀 있을 겁
니다. 그놈이 시위대를 움직이는 놈이었어요. 머리를 잡아다
가두니 몸통이 뭘 하겠습니까?

오명성 대통령의 눈이 떨려 왔다.

"지금 그게 무슨 말이죠?"

–시위대는 며칠 전부터 제 손을 떠났습니다.

천호령 회장은 미소 짓고 있었다.

검찰이 김성호를 잡아가며 알리바이도 천호령 회장에게는
알리바이도 만들어 주고 있다.

모든 건 천호령 회장에게 유리하게 돌아가고 있었다.

떨리는 오명성 대통령의 눈동자.

오명성 대통령의 귓가에 천호령 회장이 나직한 목소리가
들려왔다.

–그리고 이거 하나 말씀드리겠습니다. 아드님을 친 뺑소
니 차량 있지 않습니까? 대포차로 알고 있는데요.

오명성 대통령의 눈이 찌푸려졌다.

천호령 회장의 말이 이어졌다.

-그 차량의 실제 차주는 조진석이라는 사람입니다.

"뭐요? 그걸 천호령 회장이 어떻게 알고 있어요!"

오명성 대통령의 눈이 붉어졌다.

천호령 회장이 안타까운 목소리로 말했다.

-죄송합니다. 그놈 역시 시위대의 한 축을 맡고 있던 놈으로 김성호와 호형호제를 하는 놈입니다.

"그럼 지금 뺑소니가 아니라 내 아들을 타깃으로 삼아 해를 가했다는 겁니까?"

-그것까지는 모르겠습니다. 그런데 정말 오해는 말아 주셨으면 합니다. 제가 이렇게까지 이야기할 이유가 없지 않습니까? 시위대는 이미 제 손을 떠났습니다.

오명성 대통령의 치아가 꽉 맞물렸고 천호령 회장의 목소리가 이어졌다.

-저도 사방팔방으로 그놈을 찾고 있습니다.

잠시 후, 전화를 끊은 오명성 대통령의 눈빛은 멍했다.

도대체 무엇을 믿어야 할지 모르겠다는 눈빛이었다.

제왕 백화점 대표이사실.

천유성 대표는 몹시 화가 난 눈으로 한 곳을 응시하고 있었다.

그의 뱀눈은 오늘따라 더욱 차가웠다.

대표이사실의 문이 열리고 진규학 의원이 안으로 들어왔다.

"천유성 대표님, 무슨 일입니까?"

천유성 대표가 눈동자만 움직여 진규학 의원을 바라봤다. 그리고 말했다.

"아버지가 알았습니다."

"네? 뭘요?"

진규학 의원이 맞은편 소파에 앉으며 천유성 대표를 바라봤다.

천유성 대표가 미간을 찌푸리며 말했다.

"김성호요! 김성호!"

진규학 의원의 눈이 꿈틀거렸다.

"우리가 김성호에게 작업하려 한 건 회장님이 아셨다는 겁니까?"

천유성 대표가 고개를 끄덕였다.

"그래서 아버지에게 한번 해보자고 했습니다."

진규학 의원이 손으로 이마를 짚었다. 그러더니 고개를 저었다.

"지금이라도 가서 죄송하다고 하세요. 어차피 후계 자리가 빈 상태이기 때문에 천호령 회장님도 못 이기는 척 용서할 겁니다."

천유성 대표가 시선을 들어 진규학 의원을 바라봤다.

천유성 대표의 입가에 비릿한 미소가 걸렸다.

"그걸 노려 보려고요. 이제 우리 집안엔 나밖에 없어요. 아버지가 나를 쳐 내려 해도 주주들이 가만히 놔둘까요?"

"……!"

"언제 죽을지 모를 노인네가 아니라 내 편을 들어 주지 않을까요?"

진규학 의원이 걱정되는 표정으로 고개를 저었다.

"조금만 더 기다리면 됩니다. 그럼 천유성 대표님이 회장 자리에 앉을 수 있어요."

천유성 대표가 고개를 저었다.

"더 못 기다립니다. 진규학 의원님은 아버지의 눈빛을 못 봐서 그렇습니다."

어젯밤, 천호령 회장의 눈빛은 아들을 보는 게 아니라 적을 대하는 것 같았다.

그 시각, 희우의 사무실.

희우는 조진석과 만나고 있었다.

조진석의 모습은 무척 초췌해 보였다.

희우가 입을 열었다.

"편하게 있으세요. 담배를 태워도 좋고, 원하신다면 씻고 오셔도 됩니다. 이곳은 안전하니까요."

조진석이 고개를 끄덕였다.

"감사합니다."

그때 '똑똑똑' 하고 문 두들기는 소리가 들렸다.

작은 소리였지만 조진석의 표정은 극도의 긴장으로 채워졌다.

삐걱, 문이 열리고 들어온 사람은 서도웅이었다.

그는 조진석이 앉아 있는 테이블 앞으로 재떨이를 내려 뒀다. 그리고 꾸벅 고개를 숙이더니 밖으로 나갔다.

조진석은 힐끔 희우의 눈치를 살피더니 재떨이로 시선을 가져갔다.

희우가 말했다.

"편하게 피우세요."

"네, 감사합니다."

조진석이 담배를 입에 물며 말했다.

"한 대 피우겠습니다."

희우는 가볍게 고개를 끄덕인 후 조진석을 바라봤다.

조진석은 볼이 홀쭉해질 정도로 깊게 담배 연기를 빨아들였다.

그의 입에서 짙은 연기가 흘러나왔다.

담배를 입에 대자 조금 마음이 안정되는지 조진석이 고개를 들어 희우의 눈을 바라봤다. 그리고 물었다.

"전 버림받은 겁니까?"

희우가 고개를 끄덕였다.

"아마도요."

조진석은 아직도 모르겠다는 표정이었다.

희우가 말했다.

"아마도 천시현이 사고를 냈을 겁니다."

조진석의 입이 꽉 다물렸다.

그건 그도 예상하고 있었다.

제왕 그룹 가문에서 교통사고나 내고 다닐 사람은 천시현 밖에 없기 때문이다.

희우가 계속 말했다.

"천시현이 사고를 낸 사람이 일반인이었다면 바다에 던지든지 해서 사건을 은폐했을 겁니다. 하지만 피해자는 대통령의 아들이었죠. 숨길 수 있는 사안이 아니었습니다. 그래서 천호령 회장은 조진석 씨에게 죄를 뒤집어씌운 겁니다. 제가 예상하는 것은 여기까지입니다."

조진석의 입에서 깊은 한숨이 흘렀다. 그리고 더듬더듬 입을 열었다.

"네, 저도 그렇게 생각합니다. 그런데 아무리 생각해도 왜 저를 버렸는진 모르겠습니다."

희우가 피식 웃었다. 그리고 가만히 조진석을 바라봤다.

조진석이 알면 기분 나쁜 생각이지만 희우는 그가 마치 잘

훈련된 충성스러운 사냥개 같다는 느낌을 받았다.

보통 사람이 이런 상황에 놓였다면 천호령 회장을 향해 분노를 퍼부어도 모자라다.

그런데 조진석은 자신이 버림받은 이유를 찾으며 천호령 회장을 상대로 애매한 태도를 보이고 있었다.

희우가 입을 열었다.

"설마 천호령 회장이 조진석 실장님만큼은 끝까지 지킬 거라고 생각했던 겁니까?"

"……!"

"그러지 마세요. 어차피 그 천호령 회장의 눈엔 조진석 실장도 그리고 나도 모두 이용할 대상일 뿐입니다."

희우가 자리에서 일어나 조진석의 옆으로 걸어갔다. 그리고 조진석의 옆에 서서 낮은 목소리로 말했다.

"천호령 회장에게 복수하고 싶지 않습니까?"

"……!"

"제가 도와 드리겠습니다."

조진석의 시선이 희우에게 향했다.

희우가 슬쩍 미소를 그리며 손을 내밀었다. 그리고 말했다.

"아시잖아요? 천호령 회장을 잡을 수 있는 사람은 대한민국에 저밖에 없습니다."

조진석의 눈을 떨리고 있었다.

하지만 그는 아직 확고한 결론을 내리지 못했다.

희우가 다시 입을 열었다.

"가만히 있으면 대통령 아들을 **뺑소니**, 또는 살해하기 한 목적으로 사고를 낸 후 도주한 것으로 뉴스에 뜰 겁니다."

"……!"

"상대는 천호령 회장입니다. 무슨 수를 써서든 대통령의 심기를 지속해서 건들 겁니다."

"……."

"천호령 회장의 계획이 완성되면 가장 힘들어지는 사람이 누군지는 알죠?"

조진석이 고개를 끄덕였다.

희우가 말을 이었다.

"네, 조진석 실장님입니다. 어쩌면 대한민국에 오랜만에 사형 소식이 전해질 수도 있겠네요."

조진석의 눈을 떨려 오고 있었다.

희우가 천천히 말했다.

"방법은 간단해요. 천호령 회장을 잡아 끌어내리면 됩니다."

희우가 살짝 미소 지으며 다시 맞은편에 앉았다.

그리고 말을 이었다.

"어떻게 하시겠습니까? 저와 함께 천호령 회장과 싸워 보겠습니까?"

조진석이 멍한 눈으로 물었다.

"그럼 살 수 있을까요?"

희우가 피식 웃었다.

"조진석 실장님이 저지른 죄가 교통사고가 아니잖아요? 다른 죄를 가져다 붙여서 형량이 어떻게 나올지는 모르겠지만 적어도 대통령의 아들을 죽이려 했다는 혐의는 벗을 수 있겠죠. 덤으로 조진석 실장님을 버린 천호령 회장에게 한 방 먹일 수도 있고요."

한 방 먹인다는 말에 조진석의 눈에 힘이 들어갔다.

희우가 슬쩍 웃으며 말했다.

"지렁이도 밟으면 꿈틀합니다. 가만히 있으면 지렁이보다 못한 거예요."

조진석이 고개를 끄덕였다.

"좋습니다. 하죠. 해요."

희우의 입에 미소가 걸렸다.

"그럼 동의하에 녹음하겠습니다."

"네."

조진석이 고개를 끄덕이자 희우는 핸드폰을 들어 녹음 버튼을 눌렀다. 그리고 말했다.

"고맙습니다. 첫 번째 질문입니다. 천호령 회장이 대통령의 아들을 테러하려고 했습니까?"

조진석이 깊게 숨을 들이마셨다. 그리고 고개를 끄덕였다.

"네."

"그 여자를 이용해서?"

"네, 그 여자를 이용해서 시위대가 있는 곳으로 끌고 가려 했습니다. 하지만 그 여자가 방향을 바꾸는 바람에 계획이 어긋나 버렸습니다."

"⋯⋯."

"대통령의 아들이 팔 정도만 부러진 걸로 끝났을 일입니다."

희우가 고개를 저었다.

"그날 밤에 조진석 실장님 공격하려던 놈들, 원래 부하들 아닙니까? 제 생각엔 대통령의 아들이 시위대가 있는 현장 으로 갔어도 결과는 크게 다르지 않았을 것 같네요."

"⋯⋯!"

"결국 부하들이 대통령의 아들을 크게 해친 후, 조진석 실 장이 뒤집어쓰는 시나리오가 되지 않았을까 합니다."

조진석은 침을 꿀꺽 삼켰다.

그도 어렴풋이 예상하던 일이다.

"그럴 수도 있었겠네요."

조진석의 한숨을 들으며 희우가 말을 이었다.

"좋습니다. 그럼 다음. 천호령 회장이 USB를 가지고 있다 고 들었습니다. 그게 뭡니까?"

조진석은 망설였다.

희우는 그의 망설임을 기다렸다.

때로는 감정을 추스를 시간을 주는 것도 필요한 법이다.

잠시 후, 조진석은 마음의 결정을 내렸는지 천천히 입을

어게인
마이라이프
SEASON2

열었다.

"USB에는 우리나라 각계 인사의 비리가 들어 있습니다. 간단하게는 뇌물을 받은 사람들, 그리고 제왕 호텔에 묵으며 변태 행각을 벌인 사람들이죠."

"그 안에 대통령도 있나요?"

조진석이 고개를 끄덕였다.

"네, 대통령도 있습니다."

며칠 후, 중환자실.

오명성 대통령은 아들의 손을 잡고 있었다.

의식이 아직 없었지만 온기는 느껴졌다.

오명성 대통령의 입에서 깊은 한숨이 흘러나왔다.

그렇게 30분, 한 시간.

오명성 대통령은 아들의 손을 잡고 기도하듯 앉아 있었다.

그리고 그가 밖으로 나왔을 때, 기다리고 있던 비서가 물었다.

"대통령님 어떻게 할까요?"

오명성 대통령이 시선을 돌려 비서를 바라봤다.

"상황은 어떻지?"

"시위대로 인해 폭력 사태는 물론 시내 곳곳에서 방화까지 일어나고 있습니다."

오명성 대통령이 한숨을 내쉬며 중환자실 앞에 있는 대기실로 걸음을 옮겼다.

그리고 자리에 앉으며 비서에게 물었다.

"자네는 어떻게 했으면 좋겠나?"

비서가 머뭇거렸다.

하지만 잠시 후, 결심했는지 조심스레 입을 열었다.

"죄송합니다만 냉정히 말씀드리겠습니다."

"그래, 내가 냉정하지 못하니 자네라도 냉정해야 해. 말해 봐."

"천호령 회장의 계획을 전부는 아니어도 일정 부분은 따라가도 좋을 것 같습니다."

"……!"

"국민의 여론 추이를 봐도 시위대의 과격한 시위에 반대하는 입장이 거의 대다수입니다. 시위대는 소수일 뿐입니다. 강경 진압을 통해 공권력이 살아 있음을 보여 주는 것도 좋을 것 같습니다."

"……."

"그리고 그 전에 대국민 인터뷰를 통해 오제호 도련님에 대한 입장 표명을 하면 좋을 것 같습니다."

"제호에 대한 입장 표명?"

오명성 대통령의 눈이 찌푸려졌다.

비서가 고개를 숙였다.

"죄송합니다. 마음이 편찮으신데 제가 괜한 이야기를 하는 것 같습니다."

"아니야, 이야기해 봐. 어떤 식으로 입장 표명을 하라는 거야?"

"대통령이기 전에 아버지라는 걸 보여 주면 어떨까 합니다."

"······!"

"어차피 국민은 진실을 보지 않습니다. 사람을 움직이는 건 이성이 아니라 감성이지요. 사람들의 감성을 건드십시오. 그럼 대통령님의 지지도는 올라갈 겁니다."

오명성 대통령이 피식 웃었다.

"의식을 잃은 아들까지 정치적으로 이용하라고 하고 있어. 자네도 무섭군."

"죄송합니다."

오명성 대통령이 손을 저었다.

"아니야, 아니야. 자네 말이 맞아."

오명성 대통령의 입에서 한숨이 나왔다.

자식을 이용한다는 건 머리로는 이해해도 마음은 이해하기 어렵기 때문이다.

오명성 대통령이 비서를 향해 말했다.

"먼저 차에 가 있어. 난 잠시 앉아 있다가 내려갈 테니까."

혼자 있고 싶다는 뜻이었다.

비서는 오명성 대통령에게 고개를 숙인 후 자리를 떠났다.

그 뒤로 오명성 대통령은 한참 동안 대기실에 앉아 있었다. 하지만 계속 머무를 수는 없다.

　오명성 대통령이 무릎을 손으로 짚고 일어나려 할 때, 그의 핸드폰이 울렸다.

　그는 통화 버튼을 누르고 핸드폰을 귀에 댔다.

"네, 오명성입니다."

－김희우입니다.

　오명성 대통령의 눈이 찌푸려졌다.

"김희우 의원?"

　김희우는 전화를 걸 일이 없는 사람이다.

　그런 사람에게서 뜬금없이 전화가 왔다.

　오명성 대통령이 입을 열었다.

"무슨 일이지?"

다음 권으로 이어집니다

중걸 신무협 장편소설

일평

본격 실존 무협!
숨겨져 있던 진짜 영웅이 온다!

명明 말, 무적함대로 대해의 해적들을 휩쓴 **칠해비룡**!
철마류로 천하를 경동시킨 그의 실체가 드러난다!

지각한 부하들 빡 세게 굴리기
과부가 된 상관의 딸 보쌈해서 구해 내기
수많은 무인을 벤 흉적 생포
흉악한 간응의 마수로부터 복건 무림 구하기

고강한 무공과 원대한 꿍꿍이(?)를 감추고
평범한 척 살아가던 일평
소박하게, 되는대로 살던 그의 삶이
새해를 맞아 모험으로 뒤덮이는데……

사소하고, 괴상하고, 거창한 문제들
무엇이든 상관없다, **일평**이 나서면!